The
INTELLIGENCE
of
FLOWERS

花的智慧
博物图鉴版

[比] 莫里斯·梅特林克———著

赵晓燕———译

http://www.hustp.com

中国·武汉

图书在版编目（CIP）数据

花的智慧：博物图鉴版 /（比）莫里斯·梅特林克著；赵晓燕译. —— 武汉：华中科技大学出版社，2020.8
（蓝知了）
ISBN 978-7-5680-6138-4

Ⅰ.①花… Ⅱ.①莫… ②赵… Ⅲ.①散文集－比利时－现代 Ⅳ.① I564.65

中国版本图书馆CIP数据核字(2020)第096562号

花的智慧（博物图鉴版）　　　　［比］莫里斯·梅特林克　著　　赵晓燕　译

Hua de Zhihui
Bowu Tujianban

策划编辑：刘晓成	
责任编辑：林凤瑶	
责任校对：张会军	
责任监印：朱　玢	
插图整理：刘晓成　王　怡	
装帧设计：璞茜设计	
出版发行：华中科技大学出版社（中国·武汉）	电话：（027）81321913
武汉市东湖新技术开发区华工科技园	邮编：430223

印　　刷：武汉精一佳印刷有限公司
开　　本：710mm × 1000mm　1/16
印　　张：9.75
字　　数：147千字
版　　次：2020年8月第1版第1次印刷
定　　价：45.00元

本书若有印装质量问题，请向出版社营销中心调换
全国免费服务热线：400-6679-118　竭诚为您服务
版权所有　侵权必究

Contents

目 录

001 | Chapter 1　花的智慧

003	第一章
004	第二章
006	第三章
010	第四章
013	第五章
015	第六章
017	第七章
021	第八章
025	第九章
029	第十章
034	第十一章
037	第十二章
042	第十三章
045	第十四章
049	第十五章
051	第十六章
055	第十七章

057	第十八章
059	第十九章
061	第二十章
063	第二十一章
065	第二十二章
068	第二十三章
072	第二十四章
074	第二十五章
075	第二十六章
078	第二十七章
079	第二十八章
081	第二十九章
082	第三十章

085 | Chapter 2　春天的消息

087	第一章
088	第二章
090	第三章
091	第四章
097	第五章

101 | Chapter 3　野生的花

103	第一章
108	第二章
111	第三章

115 | Chapter 4　菊花

117	第一章
118	第二章
120	第三章
122	第四章
123	第五章
127	第六章

129 | Chapter 5　传统花卉

131	第一章
133	第二章
135	第三章
137	第四章
141	第五章
142	第六章
143	第七章
146	第八章
148	第九章

Chapter 1

花的智慧

草原老鹳草
meadow geranium

第一章

在这本书里，我只想回顾一些所有植物学家都已经熟知的事实。书中的内容并不包含哪怕一丁点儿的植物学新发现，如果一定要计算这本书为植物学研究做出多少贡献的话，那么我承认我的确在书中记载了一些最基础的观察。我也曾雄心壮志，想要将植物拥有智慧的全部证据一一展现给读者们，然而，这些证据搜集起来并不容易，因为其数量庞大，数不胜数，并且还在持续不断地增长，尤其是关于向光性强的花卉品种，表现得更加集中和明显，所以最终我打消了这个念头。

尽管自然界中总会生长着一些与众不同的植物和花卉，或者说它们在拥有智慧方面并不如其他植物那么幸运，但是绝对不存在某种植物完全不具有智慧和独创性。所有植物无时无刻不在殚精竭虑，为了它们的事业而奋斗，而且它们骨子里全都怀有一颗雄心——将以它们自己为代表的生命形式无限繁殖下去，直至占领和征服这个星球的全部表面。为了达到这个目标，它们不得不克服许多困难，由于自然法则的约束，它们的形体注定要被牢牢束缚在土地上，在扩大种群数量的过程中，它们所面对的困难要比动物遇到的困难大得多。因此，大多数植物并不会仅靠一己之力，它们要么联合起来求助于集体的力量，要么设计出某种精巧的机械装置，要么精心布置陷阱，其繁杂精致的程度，涉及了机械学、弹道学、航空学，以及对昆虫日常习性的观察等各个方面，这些都对人类在相关领域取得发明创造和不朽成就起到了启发和引领作用。

第二章

想必花卉受精的重要系统读者们都已经非常熟悉了，我再要拾人牙慧，重新大篇幅加以描述就显得有点儿多余了。不过植物繁殖有一个相当宏大的体系：除了雄蕊和雌蕊会在其中发挥决定性作用之外，花朵散发出的诱人香气，展现出和谐并绚丽的色彩，配以香甜的花蜜，这些准备和辅助工作也起着举足轻重的作用，然而这些附加的东西对花朵本身来说却是毫无用处的，它们的唯一作用就是吸引并留住来自花朵外面的小帮手，或者我们可以称之为爱的使者——蜜蜂、熊蜂、苍蝇、蝴蝶或者是飞蛾等——因为它们为植物们带来了来自视野里看不到的、遥远的、无法行动的情人的飞吻……

在我们人类看来，植物的世界是静谧无声、平和顺从的，它们将自己的命运完全交给大自然去掌控，因此它们身上所有的一切表面上看起来都是那么的顺其自然、不动声色，那么的与世无争、淡定沉静，然而，事实却与我们想象中的完全相反，植物对命运的反抗在所有生物中反而是最顽强、最激烈的。对植物来说最重要的器官，即吸收营养的器官，就是它们的根。正是根，决定了它们与泥土永生无法分离的牵绊。如果说植物能像我们人类一样说话，让它们从所有压迫的自然法则中选出一个最严酷的，那么毫无疑问它们会选中这一条：从植物出生到死亡，它们都必须牢牢根植在一个地方不得移动。因此，作为反抗自然法则的先行军，植物比我们人类更积极、更努力，并且更精通。它们目标明确，心无旁骛，想尽办法从根系所在的黑暗泥土里爬出来，慢慢长成体系复杂的植株，在阳光下展示出自己美丽的花朵，这个景象真是无与伦比。它们为了这个毕生仅有的目标调动起全身的力量：逃离被拘禁在黑暗的地底下的宿命，反抗并逃脱这个严酷黯然的自然法则的樊笼，使自己获得自由，打破自己活动半径的局限，为自己创造一副翅膀，令自己能逃得越远越好，去征服命运不允许自己触碰的空间，到达另一个王国，穿越这个时刻在活动着的、充满生命与活力的世界……植物实现了这个目标，现实也并没有想象中那么不可思议，身为万灵之长的人类，我们难道没有被激起万丈雄心，冲破同样加诸我们身上的难以摆脱的宿命？譬如：成功地穿越时间的禁锢，或者去一个不受最基本的物质法则控制的宇宙等等。我们应当看到，小小的花朵给我们人类树立了一个榜样，我们应该学习它们的反抗精神，它们的勇气、坚持和独创性。虽然压迫在我们头顶上的各种各样的自然法则看上去是那么的牢不可破，例如，疼痛、衰老和死亡，但是如果我们能付出生长在花园里那些纤弱的花朵为了延续生命

蒜叶婆罗门参
common salsify

所付出的一半努力的话，我们就有足够的理由相信，我们的命运会跟当下的情况有着天壤之别。

第三章

绝大多数植物天生就有这种对移动能力的需求和对空间的渴望，它们的花朵还有果实都集中体现了这一事实。不论它们暗地里采用了什么方法，对我们来说，植物的果实是一个比较明显的例证，小小的一粒种子简单明了地揭示出了植物一生不甚复杂的经历和它们的深谋远虑。因为之前我们提到过的植物的宿命——永生不可移动。与动物世界有所不同的是，对一颗种子来说，最为主要甚至致命的敌人竟然是它们的母亲。想要理解这个问题我们就必须深入这个奇怪的世界去探查究竟，在这里，做父母的植物无法移动身体，只能待在原地不动，它们清楚地知道，如果自己的后代在出生的时候就落在附近，它们就会因为汲取不到足够的养料和阳光而无法发芽或者长大后枯死。小小的种子一旦落在了大树的阴影里，要么就此湮灭，销声匿迹，即便勉强发芽长大，它的生存环境也会非常恶劣。正是这个原因才促使植物们孤注一掷，投入巨大的努力去摆脱重力法则的束缚，向外拓展生存空间。也正是这个原因，植物才发展出了许多匪夷所思的散播种子的方法，我们在森林里、平原上的随便一个地方都能轻易地找到一些植物，观察它们身上的精巧构造究竟是利用了机械动力学还是空气动力学来繁衍后代。说到这里我们顺便举几个最为特别的例子——长得像螺旋桨一样的槭树翅果；椴树的苞片；长得像飞行器的蓟花、蒲公英、婆罗门参；长有爆炸性弹射装置的大戟；长有独特喷射装置的喷瓜[①]；上面长有尖钩倒刺的绒毛叶植物；还有其他成千上万的，

[①] 原文为"Momordica（苦瓜属）"，即喷瓜（*Ecballium elaterium*）的旧属名。

匪夷所思的、令人意想不到的精巧构造；可以这么说，为了帮助种子彻底逃脱母株的阴影，所有植物都想尽了办法，然而却没有任何一种植物的方法能够为自己的种群一劳永逸地解决问题。

事实上，如果一个人不懂一点儿植物学，他不可能相信，眼前这一片让我们赏心悦目、心生愉悦的葱郁森林，究竟花费了多少想象力和多大的精力才能形成规模和保持下去。让我们再举几个例子，看看植物巧夺天工的构造——猩红色的琉璃繁缕的花房，凤仙花的五枚花瓣，老鹳草属花朵上像炮弹发射舱一样的五个腔囊。哦，不要忘了，如果有必要，我们甚至还可以去检查一下罂粟科花的顶花（Poppy-head），任何一个药剂师的店里都有它。这个圆圆的、

凤仙花
spotted snapweed

罂粟属虞美人
corn poppy

大大的顶花腔囊代表的是植物的审慎和远虑，值得我们人类给予最高的赞赏。我们知道它里面藏着成千上万颗微小的黑色种子。作为植物，它的终极目标是竭力将这些种子迅速地弹射到尽可能远的地方生根发芽。如果在这个过程中，那些包裹着种子的腔囊突然破裂了、倒伏了，或者腔囊由下部裂开了，那么这些珍贵的像黑色尘雾一样的种子就只能紧挨着母株的根茎喷撒并堆积下来，从而变得毫无用处。为了防止这种状况发生，大自然将罂粟顶花的唯一开口设计在了腔囊的顶端，这样一来，等到里面的种子成熟了，罂粟顶花就会压弯底下支撑着它们的花茎，这时候只要一点点风吹过，它们就会像熏香用的香炉一样摇摆起来，伴随着它们摇摆的动作，里面的种子一点一点地被抛撒到远处，农场里雇佣的播种工人也不一定比它们专业。

我可能还没提到那些吸引并利用鸟类帮助散播种子的植物吧？典型的例子就是白果槲寄生、刺柏、花楸树等植物，它们的种子都藏在诱人的、甜美多汁的果肉里。我们能够感受到这些植物强大的逻辑推理能力，它们将终极目标铭记于心，如果我们仔细地思索其中缘由甚至会感到些微的恐惧，这阻止我们继续深究这个问题，怕犯同贝尔纳丹·德·圣皮埃尔[①]一样低级的错误。尽管事实就是如此，没法用其他的原因解释。带有甜味的外皮对种子的意义与吸引蜜蜂的花蜜对鲜花的意义是相同的。鸟类受到甜美果肉的吸引吃掉了果实，与此同时，它们也吞下了果实里的种子，而种子是无法消化的。鸟儿吃饱之后就飞走了，过不了多久，它们消化掉了果肉，并且排泄出了种子，这时候，在鸟儿消化系统里转了一圈的种子已经脱去了外皮，在离它们出生地很远的地方静静地等待着发芽，再也不用担心会因为与母株挨得过近而枯萎。

① 贝尔纳丹·德·圣皮埃尔（Bernardin de Saint-Pierre，1737—1814），法国作家、植物学家。

Chapter 1 花的智慧

欧洲刺柏
common juniper

第四章

　　您要是觉得这些植物构造太复杂特殊了，并不适用于普遍情况，那么我们还是回过头来看看那些构造稍微简单点儿的植物吧。走在林间小路上，随便从路边最近的地方摘一片草叶，你就能发现，纤纤弱草也有它们独立的、不屈不挠的、出人意料的、微小的智慧。以两种匍匐类植物为例，你可能无数次在路边看到过它们，因为这两种植物对环境的要求很低，几乎在任何地方都可以生长，只要有一小撮泥土，无论在什么恶劣的环境下，它们都可以生存下来。它们就是野生苜蓿的两个不同品种，在人类看来，这两种苜蓿都是"有害的植物"。其中一种苜蓿开的花略带红色，另外一种则长着像豌豆大小的黄色花球。看着它们匍匐在地，毫不起眼地藏身于周边又高又直的草丛之中，我们肯定想象不到，正是这些不起眼的杂草，比那位来自锡拉库扎[①]的著名几何学家和物理学家[②]早了不知道多少年就发现了阿基米德式螺旋抽水机[③]的原理，不过，它们并没有像人类一样将这个物理原理应用于提水，而是致力于提高种子的飞行技能。它们将种子储存在长着三到四个旋叶的、质量很轻的螺旋体中，这个装置设计得十分精妙，它会延迟种子落地的时间，再加上风的帮助，它们的种子就可以飞到很远的地方。在这两种苜蓿中，开黄球花的品种在这方面更胜一筹，它甚至进化出了螺旋体边缘的两排长尖刺，这种装置的意图很明显，就是要将装满种子的螺旋体黏附在所有碰巧经过它们的物体上，无论是行人的衣服还是动物的皮毛。这意味着这种植物除了风媒（anemophily），即利用风来散播种子的能力，又开发出了一项新技能，我们姑且把它叫

[①] Syracuse，意大利西西里岛东部一港口城市，阿基米德诞生地。

[②] 即古希腊哲学家、数学家、物理学家阿基米德。

[③] 阿基米德式螺旋抽水机（Archimedean screw），一种水泵，应用螺旋机制，借着螺旋曲面绕着旋转轴做旋转运动，将水从低处传输至高处。它也是历史上第一个将水从低处传往高处，用于灌溉的机械。

作"毛媒"(eriophily)——因为它们可以利用所有长毛的动物，例如，绵羊、山羊、兔子等等，来散播自己的种子。

然而最让人感触万千的是，虽然它们拼尽全力，结果往往却是徒劳的。无论是红花苜蓿还是黄花苜蓿，它们都犯了一个致命的错误。尽管它们设计出了精妙无比的螺旋体来散播种子，但是这种装置对它们来说毫无意义：因为像滑翔机和降落伞一样，只有从一定的高度降落下来，譬如某些高耸的木本植物或高高的禾本科植物，螺旋体才能发挥其设计功效；然而对于这种匍匐在地上生

野苜蓿
yellow lucerne

长的草本植物来说，它们的藤蔓伸向空中根本长不了多高，就会再次回到地面上来。自然界无奇不有，各种错误、盲目摸索、实验和失算的情况层出不穷，我们在这里仅仅是举了其中一个不同寻常的小例子；只有那些从来没有仔细观察研究过大自然的人才会认为她从不犯错。

既然提起了苜蓿，那我们就顺便观察一下其他的苜蓿品种吧。（车轴草不算在内，它是另外一种蝶形花豆亚科植物，与我们下面即将提到的植物非常类似，是一种常见的野草。）它们并没有进化出螺旋体那么复杂的飞行装置，而是继续使用古老原始的豆荚弹射装置。在它们中，我们观察到野苜蓿，它们的果实正在处于由扭曲状的豆荚过渡到螺旋体的阶段。另一种蜗牛苜蓿的螺旋体则盘旋在一起，形成一个球体。这样不同寻常的发现让我们认识到一个道理：

白车轴草
white clover

在一个前途未卜的家族里，其成员们必定使尽浑身解数在不断的失败中探索出一条确保家族未来发展的明路。是否正是在探索的过程中，黄花苜蓿终于发现自己掉入了螺旋体的陷阱？它给自己的果实加上了长尖刺或者钩子，可能当时它心中暗想——说实话，这种考虑并不是毫无缘由的——既然它们的叶子能吸引绵羊来吃，那么要求绵羊为了它们能够顺利地传宗接代做出一点贡献是十分合理和顺理成章的。最后，与枝叶更加强壮的近亲红花苜蓿相比，黄花苜蓿分布得更为广泛，这个事实是否也源自于它们在不经意间的创新尝试以及因此而获得的双赢结果呢？

第五章

如果我们能够静下心来仔细观察就能发现，不仅仅是种子和花，植物的整个身体，包括它的叶子、茎干和根上面都有许多蛛丝马迹可以证明它们审慎却异常敏捷的智慧。想想那些尽管被压制在地上仍然不顾一切追寻阳光的树枝，那些在绝境中痛苦挣扎孤注一掷闯出一条生路的大树，我们就会明白了。有一天，我在法国普罗旺斯地区遇到了一种植物，我从它身上看到了令人无比敬佩的英雄气概，在卢普（Loup）沿岸荒凉而秀美的海峡边上，堇菜花香阵阵，一株巨大的百岁月桂树华盖亭亭。它那盘根错节、扭曲虬劲的树干，仿佛在诉说着它命运多舛、艰苦卓绝的一生。遥想当年，命运的主宰以一只鸟或者自然风的形式出现，将一颗小小的种子从远处裹挟而来，落在了悬崖岩石的斜坡上。说是斜坡，其实它跟地面几乎呈九十度直角，如刀削斧劈般光滑的绝壁就像铁幕一样隔断了生命的可能；然而这株参天大树就诞生在这里，它的头顶就是悬崖峭壁，它的脚下二百码处就是湍急的溪流，它就那么孤独地待在这个被全世界遗忘的角落，陪伴它的只有四周被阳光晒得灼热的、寸草不生的石头。从它落地的那刻起，它就不断地向四周伸展出根须，企图在无数次盲目的试探中幸运地找到生存必需的水和泥土，即便始终存在渺茫的希望，这种搜寻也是耗时长久并且并不一定靠谱的,然而这却是它从自身所携带的本种族的遗传密码中唯一能学到的对付干旱的招数。侥天之幸,在这种情况下种子竟然发芽了,并且长出了稚嫩的茎,但是它却面临着一个更加严峻且毫无预料的困难:它是按照惯常的竖直方向开始生长的,然而因为它所在的地理位置特殊的缘故,它现在并没有向着天空生长,反而朝向了深渊。因此,它不得不纠正一开始的方向性错误,但这样做又谈何容易呢?它逐渐长大的枝叶越来越沉重,它只有孤注一掷,全凭着一股永不停歇的劲头,将自己的树干以人的手肘一样的角度尽可能地向悬崖峭壁弯过去,就像一个游泳者在逆流中奋力仰起头来,鼓足了全身的劲儿将它越来越沉重的树冠扳回正途,重新径直向着天空生长。

香堇菜
sweet violet

自那以后，树干上就落下了一个瘤结，它对这棵树的意义关乎生存，它所有的精神和力量，以及它所有能够调动起来的聪明才智都围绕着这个瘤结展开。连接瘤结的那段树干比其他地方要粗大许多，呈现出人的手肘一样的角度，自下而上的每一寸都凝结着大树的危机感。雨雪风霜教会了它怎样才能在恶劣的环境中幸存，一年又一年，树冠上的枝叶长得越来越茂盛，越来越沉重，太阳给予的光和热是它唯一能够获得的照料，然而，在悬空中苦苦坚持的可怜树干越来越难以支撑整棵树的重压。于是，遵从着它的本能（这对我们来说就是一个未解的谜），两根粗壮的根须像两根纤维编织的缆绳一样从距离瘤结上方两法尺①的地方突兀地抛伸出来，将另一端牢牢地扎进了像一堵墙一样的花岗岩峭壁上。究竟是由于树干遭到了毁灭性的威胁才促使大树长出这两条根须力挽狂澜？还是从种子刚发芽的第一天起就已经预见到了今天的危机，只是它之前一直蛰伏在黑暗中，等着合适的契机挺身而出，以此增加自己存在的价值？或者它们的出现仅仅是个幸运的意外？从一粒小小的种子成长到枝繁叶茂的大树，这棵树的一生就是一出默剧，虽然这出剧目的长度远远超出了我们人类的寿命，然而在这个漫长的过程中，是否也曾有过像我一样好奇的人，仔细地观察和欣赏过它呢？②

① 法国古长度单位，一法尺约为325毫米。

② 布兰迪斯（Joachim Dietrich Brandis）在他的《论生命之对立性》（*Ueber Leben und Polarität*）这本书中提到了另一个植物展示其智慧行为的例子。根须与土壤之间横亘着一道障碍——一只旧靴子底。为了穿越这个障碍物，显然，这个根须遇到了其前辈们从未遇到过的难题，而它的解决方案就是：将自己细分为多个部分，从鞋底的针眼留下的孔里面穿过，然后，当它化整为零穿越了障碍物之后，所有分散的细嫩根须们又重新组合在一起，形成了一条单一的、均匀的主根。——原注

第六章

在所有展现出惊人创造力的植物里，那些所谓的具有"动物性"或"有感知"特性的植物值得我们更加深入的研究。接下来我要简单回顾一下大家都很熟悉的含羞草以及这种植物既可爱又令人惊诧

① 舞草,别称情人草、多情草、风流草。在常温强光且无风雨的环境下,舞草的两片侧小叶会不停地摆动,在半分钟内,每片小叶可完成椭圆形的运动1次,每叶转动达180度之后便又弹回原处,尔后又再行起舞。如果光照越强或声波振动越大,运动的速度就会越快,直至晚上所有叶片下垂闭合睡眠为止。

的习性。除此之外,还有其他一些知名度没有那么高的植物也天生具有自发运动的能力,岩黄芪就是其中的佼佼者,尤其是舞草①运动起来简直令人难以置信的疯狂。舞草是豆科植物,植株小巧,原产于亚洲的孟加拉,在我国也有分布,人们通常喜欢在温室中培植它们。这种植物一旦遇到阳光,就会不停地扭动,就像一个人类的舞者一样做出一系列复杂的舞蹈动作。它的叶子分成三片小叶,其中一片小叶宽且长,从第一片小叶的根部伸展出另外两片细窄的小叶。每一片小叶都有自己独特的运动模式。它

舞草
telegraph plant

含羞草
shameplant

们的运动具有很强的节奏感，每一次摇动几乎都像被精准计时一样，并且节奏感会一直持续不变。它们对光的敏感度太高了，只要阳光被云彩遮住，它们的动作就会变慢，而只要头顶上的那一小块天空拨云见日，阳光再次照射到它们身上，它们就会立刻加速。我们可以知道，这种植物就是天生的光度计，这比克鲁克斯①发明的辐射计不知道要早多少年。

① 威廉·克鲁克斯爵士（Sir William Crookes，1832—1919），英国物理学家与化学家，致力于光谱学研究。他所发明的光能辐射计（Crookes radiometer），俗称太阳风车，是一个部分真空的气密玻璃灯泡，内部装设一组金属叶片。当有光线照射时叶片会转动，光线愈强旋转愈快，从而提供简单的电磁辐射强度定量测量。

第七章

茅膏菜、捕蝇草②和其他许多花草都可以划归到这一类植物里，它们的共同特征就是对外界环境具有超乎寻常的敏感性，这使得它们虽然身为植物，与动物世界的界限却没有那么明显，不过话说回来，本来动植物之间的区别就有点儿模糊和神秘，这条界线更像是人们凭空想象出来的。在这里我们没有必要将我们的讨论上升到那么高端的理论层面。世界之大，无奇不有，就在地球的另一端，我们还在浅滩里发现了一种神奇的植物，它看上去跟土块或者石头一样，但是它跟之前提到过的那些具有超强敏感性的植物相比，拥有着毫不逊色的智慧和可以自发性运动的能力。我所说的这类植物就叫隐花植物，它们叫这个名字是因为这类植物不开花，也不结果，我们只有在显微镜下才能观察到它们繁殖的过程。因为这个原因，在这里我们没办法详细展开篇幅描绘它们，不过像隐花植物门类下的蕈类和蕨类植物，尤其是木贼，它们利用孢子进行繁殖的过程也是无与伦比的、精巧的和具有独创性的。不过，在那些生长在泥水和淤泥中的水生植物身上，我们不

② 捕蝇草（*Dionaea muscipula*），原产于北美洲的一种多年生草本植物，在茅膏菜科捕蝇草属中仅此一种。据说因为叶片边缘有有规则的刺毛，那种感觉就像维纳斯的睫毛一般，所以英文名称为Venus flytrap，意思是"维纳斯的捕蝇陷阱"。它的茎很短，在叶的顶端长有一个酷似"贝壳"的捕虫夹，且能分泌蜜汁，当有小虫闯入时，能以极快的速度将其夹住，并消化吸收。

圆叶茅膏菜
round-leaved sundew

捕蝇草
Venus flytrap

需要像观察隐花植物那么费劲,然而我们看到的场景同样不同凡响。可想而知,水生植物想要繁衍后代也需要开花授粉,而在水面以下是没有办法完成授粉过程的,因此,每种水生植物都在漫长的时间里进化出了一套独特的体系,能使它们的花粉在干燥的环境下进行传播。例如,一种被人们广泛应用于填充床垫的海藻类植物,即大叶藻,它们身上的一个部分长得与潜水钟非常相似,它们将自己的花朵小心翼翼地藏在里面;还有一种水生植物叫睡莲,它们干脆把自己的花朵送到水面上开放,用它们水中挺直的茎支持着顶部的花和果实,同时也为它们提供养料。睡莲的茎部特别有意思,不管水深多少,它们总能调整自己的茎部长度,不管池塘的水有多深,它们总能恰到好处地把花朵托举出水面。与睡莲又有所不同的是一种叫荇菜的植物,它们没有可以灵活伸缩长度的茎部,于是它们采取了另外一种方法:让自己的花朵在水面上漂浮,它们的花朵会突然从水底下浮到水面上来开放,就像水底浮上来的气泡一样。菱角的花房会像人身上长的肿瘤一样迅速膨大起来，然后裂开并且完成授粉的过程，当任务完成之后，膨大的"肿瘤"里的空气就被一种黏性的液体所替代，由于液体的比重比水要重，所以当果实成熟之后，整套装置就会重新沉到水中，回到水底的淤泥里。

狸藻属植物的生殖系统更加复杂。M.亨利·博基永（M. Henri Bocquillon）①在他的《植物生命》（*Vie des Plantes*）一书里面写道：

① 应为法国植物学家亨利·塞奥菲尔·博基永（Henri Théophile Bocquillon, 1834—1883）。

> 这种植物在池塘、河沟、水池和泥炭沼泽中的泥坑里都很常见，但是冬天的时候是看不到它们的，因为这个时候它们正蛰伏在水底的淤泥里。它们的叶子进化成了网状的细丝，随着长长的、细细的茎在水中漂荡。而在叶子与细枝交接的地方，我们能够看到一种梨形的口袋状的装置，在其尖尖的顶端留有一个小孔隙。这个孔隙有一个只能由外向内打开的阀门，孔隙的四周长着网状的纤毛，小囊内部覆盖着满满的纤毛状的分泌腺，它们使得口袋内部的质地像天鹅绒一样光滑。当开花的时刻到来之时，这个小囊内部就开始充满空气，里面的空气泄漏得越快，其顶端孔隙的阀门就关得越紧。这样做的结果就是整株植物的浮力变得越来越大，当浮力大到一定程度的时候，它们终于脱离了淤泥上升到水面上。只有在水面上，它们才会开出小小的、漂亮的黄色花朵，它们小小的唇形花很奇特，类似嘴唇和上颚的花瓣或多或少地膨胀起来，上面装饰着橙色或赤褐色的条纹。在夏天的三个月份——六月、七月和八月——娇嫩的黄色花朵在浑浊的池塘水面上优雅地绽放着，给周围衰败腐烂的环境带来一片清新的色彩。不过，

狸藻
common bladderwort

荇菜
yellow floatingheart

当授粉完成之后，果实开始生长成熟。在此过程中，它们身上各部分器官的作用发生了巨大的变化：小囊阀门周边的水受压迫使里面逐渐充满了水，这使得整个植株变得越来越沉，随后它们又慢慢地沉回到了水底的淤泥里。

仔细想想，在这个从远古年代遗留继承下来的小小的装置里集中了多少人类直到近期才刚琢磨出来的实用发明？譬如，狸藻这类植物对阀门或塞子得心应手的应用，以及对液体和空气压力的灵活把握，就好像它们曾经仔细研究过阿基米德原理[1]，然后再将理论付诸应用与实践一样，这种对比真的令人深思。我们上文刚刚引用

---

[1] 阿基米德原理又称阿基米德浮体原理。该原理是说，浸在流体中的物体（全部或部分）受到竖直向上的浮力，其大小等于物体所排开流体的重力。阿基米德浮体原理是流体力学的一个基本原理。

过的那位作者又观察到："将漂浮装置连接到沉船上去帮助沉船上浮，第一位想出这个主意的人肯定不会意识到，这个方法已经在自然界应用了千万年了。"我们偏执的认为自然界的一切活动都是无意识的，那些生物都是凭借着本能在生存，没有任何智慧可言，从一开始我们就幻想，我们人类最简单的思维都能够给自然界带来新的组合与联系。然而，当我们更加深入细致地进行研究之后，我们才发现，我们极有可能从未创造过任何东西。在这个星球上，我们人类才是后来者，而且是来得最迟的一个，我们做的仅仅是发现早已存在的东西，而我们却像对什么新事物都感到惊奇的孩子似的，重走了一遍前辈们走过的人生路。天道循环，本该如此，最终我们也会回到原点。

第八章

如果不稍微提一下传奇的苦草属水生植物，我们对水生植物的繁殖专题的介绍就是不完整的，在所有水生植物中，这一水鳖科植物的一生最为浪漫，在所有以花朵为主角的恋爱故事里，它们的婚礼仪式是最为凄美的。苦草属植物乍一看并不起眼，它们没有睡莲那样高贵的异域风姿，也没有水下生长的种缨若隐若现的朦胧感。但是为了让它们在别的方面超凡脱俗，大自然替它们想出了一个美丽的主意。这种微型植物的一生都在水底度过，并且一直保持着一种半休眠的状态，直到一生中最重要的时刻——婚礼的到来，它们全身心都在等待那个幸福的时刻，期待着新生命的到来。当婚礼正式开始的时候，雌花将螺旋卷曲在一起的花序梗展开、伸直，并且逐渐从池塘水底的藏身之处现身，最终浮到水面上开放。而与此同时，长在相邻的一支茎上的雄花还沉在水底，当它透过洒满阳光的池水，看到雌花开放之后，它就会紧随其后，充满希望地盛开，以便响应雌花的召唤和等待，与之共赴奇幻的极乐世界。然而，当它们急匆匆地上浮到半路的时候却突然发现，作为它们生命之源的茎部太短了！因为茎部的长度有限，它们永远不可能上升到沐浴着阳光的水面，但是只有在那里，雄花和雌花才能够结合，完成传宗接代的伟大使命！

究竟是大自然母亲在创造这种植物的时候犯了一个粗心大意的错误，还是故意给它们设定了这样残酷的命运？想象一下那种无望的渴求，那种唾手可得却又难以企及的痛苦，眼睁睁地看着失败降临却因为某种看不见摸不到的障碍而无法挽救！……生活在同一个世界上的人类也经常陷入这种进退两难的困境，然而，在绝望中依然纠缠着意想不到的一线转机。雄花是否从一开始就有了不祥的预感才留了一手后招？这个我们无从知道，但是有一点是非常确定的，那就是雄花长着一个密封的芯部，里面锁住了一个充满空气的气泡，像我们人类一样，不管处在何种绝望的境地，我们的灵魂总是能牢牢抓住一丝救赎的希望。雄花此时好像稍微停顿了一下，像是在犹豫；接着，它们为最终华丽的壮举下定了决心，啊！这是一幅怎样凄美绝伦、超凡脱俗的画面啊！我在历年来

欧亚苦草
straight vallisneria

的昆虫与花卉年鉴中从未看到过——为了能够上浮到水面，奔赴极乐之约，它们义无反顾地自断生路，脱离了与之生命所系的根茎。雄花将自己与花梗之间的连接断开，以一种无可比拟的飞速弹射的姿态，在水中划出一串串珍珠一般欢快的水珠，它们的花瓣都向上方展开并且一鼓作气地冲出水面。这个时候的雄花已经是强弩之末，濒临死亡了，不过它们付出了生命的代价获得了自由，浮出水面的花朵显得更加娇艳夺目，雄花在伴侣的周围漂浮一阵之后，它们终于完成了授粉的任务，于是，断绝了生命之源的雄花随波逐流，逐渐枯萎死去，而它们已经在孕育下一代的新娘，闭合了自己的花冠，将一生中呼吸的最后一口空气锁在了里面，卷起了螺旋状的花序梗，重新沉入水底，在那里等待着种子成熟，雄花拼掉性命的英雄之吻终于有了结果。

苦草的一生就定格在如此凄美的画面中，不过我们不得不暂时打破这迷人浪漫的场景了，因为我们要更加深入地、科学地看待这个问题，在传花授粉的过程中，雌花和雄花的每一个步骤都必须计算得十分精准，此外，我们不光要从阳光的一面，还要从阴暗的一面来看待这个问题。为什么不呢？有时候掩藏在阴暗中的事实和沐浴在阳光中的一样有趣。从整个物种的角度来看，我们在苦草雄花的自我牺牲背后看到了这种植物的智慧和雄心壮志，而且苦草授粉过程的每个环节都是严丝合缝、完美无缺的，然而，如果我们从苦草植株的每个个体出发来看待这个问题，就会发现事情的发展并不像理论上的那么顺利，我们经常观察到许多苦草植株的动作十分笨拙，跟它们携带的理想剧本根本是南辕北辙的。有些时候，当雄花舍生取义，千辛万苦地上浮到水面上之后才发现附近根本没有雌花的踪影。又有些时候，它们生活的水塘原本就很浅，它们的根茎长度虽然有限，但是仍然完全可以将雄花托举到水面上与它们的伴侣结合，然而，雄花还是机械性地断掉了自己与根茎的连接，其实这样做是毫无意义且没有必要的。在这里我们要再一次强调一个事实，那就是：所有的智慧都只存在于像"物种"、"生命"和"大自然"这样的笼统概念里，而承载智慧的每一个个体却会经常犯下各种各样愚蠢的错误。从这个方面说，人类社会作为仅

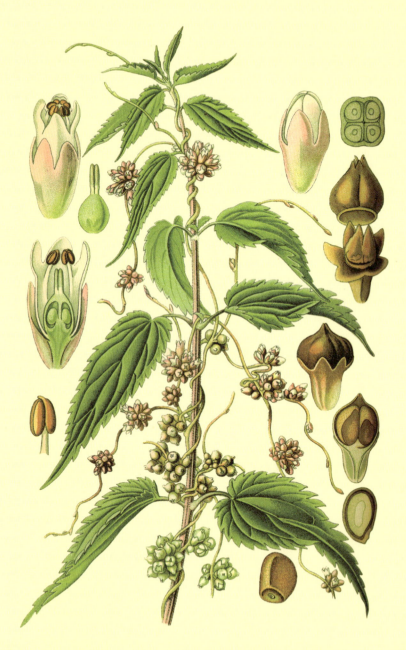

欧洲菟丝子
greater dodder

有的特例，在种族智慧和个体智慧之间存在着确实的联系和相似性，两者之间达成某种平衡的趋向越来越明确、越来越活跃，决定着我们人类未来的巨大秘密或许就蕴含于此。

第九章

从寄生植物身上，我们也经常会观察到许多有趣且狡谲机智的场面，譬如，纤细脆弱如菟丝子属植物同样不容人小觑。这种植物没有叶片，当它们的茎部长到几英寸长时，它们就会自动放弃自己的根部，迅速缠绕到选定的宿主植物身上，并生出吸附根须，插入宿主身体里面。自此以后，这个宿主就成为它们生存的唯一依靠和养分来源。因此，对它们来说，挑选优秀可靠的宿主是关乎生存的首要大事，而它们在这方面的洞察力也是令人惊叹不已的。它们的口味很挑剔，如果有必要，它们宁肯花些功夫到远处去寻找大麻、啤酒花、苜蓿或亚麻等符合自己性情和口味的植物，也不会在家门口随随便便寄生到不合宜的宿主身上。

菟丝子的形状和习性很自然地让我们联想到了攀缘植物，这种植物具有非常奇特的习性，颇值得我们耗费笔墨来聊一聊。甚少去乡村的城里人看到农场里司空见惯的这幅场景都会发出惊叹：斜靠在墙上的耙子或者铁锹的把儿上面爬满了五叶地锦或者其他旋花属植物，最令人费解的莫过于这个问题：究竟是它们的本能，还是它们具有某种奇特的"视力"，能够引导它们的卷须准确地找到目标？更神奇的是，如果我们故意移动耙子的位置，到了第二天，它们的卷须仍然能够找到耙子的方向，扭过头来继续朝着耙子的位置生长。在叔本华的专著《论自然中的意志》（*Ueber den Willen in der Natur*）一书中，有一章讲的就是植物生理学，其中就描述了这个现象，其实，书中还有许多其他类似的现象，需要大量的观察和实验来证实，当然在本书有限的篇幅内我们无法一一赘述。因此我要推荐读者们去阅读叔本华的这个章节，你们在那里会找

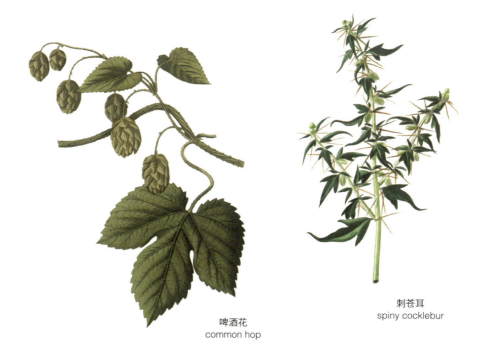

啤酒花
common hop

刺苍耳
spiny cocklebur

到无数一手的观察资料和参考文献。在这里我还要多说一句,在过去的五十到六十年间,这些资料的来源经历了一个奇特的爆发式增长,这个主题几乎是取之不尽用之不竭的。

植物界不同种类的成员各显神通,给我们人类展现了各式各样新奇精巧的发明、诡计和审慎的生存态度,在它们当中,我们不得不提起一种小小的、开黄花的翼果苣属植物,它们的学名叫 *Hyoseris radiata*,它们的预见能力令人叹为观止。这种植物与蒲公英长得非常相似,我们经常能在里维埃拉(Riviera)附近老旧荒废的墙上发现它们。为了让本种族在广泛传播的同时能确保繁衍的稳定性,这种植物同时生长出了两类种子:第一类种子非常容易脱离母体,并且它们身上长着的翅膀可以帮助它们最大限度地借助风的助力飞到远方去;而另一类种子则没有翅膀,并且它们被花序紧紧包裹着,只有当花朵完全衰败腐烂掉的时候,这类种子才会被释放出来。

如果我们说这世上有一种植物的种子传播系统不仅构思巧妙，更加难能可贵的是成效还十分显著，这指的一定就是刺苍耳。刺苍耳是一种令人讨厌的野草，浑身长满了硬硬的尖刺。就在不久之前，生活在西欧的人还没怎么见过这种植物，当然也从来没想过有一天不得不适应与之共存的日子。它们蔓延的速度如此之快，这都得益于它们果实的构造：其外壳像盒子一样包裹着成熟的种子，盒子的最外层就是如钩子一般尖锐的长刺，非常容易钩在过往动物的皮毛上。因此，原产于俄罗斯的刺苍耳，搭乘成捆成堆的从俄罗斯大草原深处进口来的羊毛，跋山涉水地来到我们国家；如果哪位读者对这个话题比较感兴趣，可以对照着地图研究一下刺苍耳迁徙与征服新大陆的伟大历程。

意大利雪轮，又叫意大利捕蝇草，是一种开着朴素小白花的植物，它们经常大量生长在油橄榄树下，它们拼尽全力为之奋斗的目标与刺苍耳正好相反。显然，从外形上看它们就长得非常脆弱娇柔，为了避免恼人的小昆虫们频繁骚扰，它们的茎秆上长出了许多腺体形成的刺毛，从里面不断分泌出黏液，如果寄生虫或者其他虫子胆敢来犯，就会被黏液粘住，这种方法非常奏效，因此，南方的农民经常把这种植物搬到房间里，帮助他们捕捉苍蝇。另外，还有其他品种的捕蝇草巧妙地简化了这套系统。它们发现，只需要在茎秆的每个结节下面设置一个宽宽的环形的充满黏液的区域，就能有效地阻止蚂蚁爬到它们身上去。有时候我们的园丁也会用焦油在苹果树的树干上刷上一圈儿，用来阻止毛毛虫爬上树干，这种做法与捕蝇草如出一辙。

捕蝇草的这种习性直接开启了我们下一步要讨论的主题：植物所采取的防御性措施。在这里我要向读者们推荐一部非常受欢迎的高水平专著——《植物的起源》（*Les Plantes originales*），本书受篇幅所限难以详细展现的细节大家都可以在那里找到。在那本书中，亨利·康平（Henri Coupin）专门针对一些植物身上稀奇古怪的武器进行了研究。我们先从植物的针刺开始说起。巴黎大学索邦学院（Sorbonne）的学生罗瑟利尔（M. Lothelier）就这个问题曾经做过一系列有趣的实验，得出的结论显示阴暗潮湿的环境会抑制植物身上尖

意大利雪轮
Italian catchfly

① 那些在进化的过程中逐渐失去自我保护机制的植物中，最引人注目的例子就是莴苣——"在野生状态下"，我上面提到的作者说，"如果我们折断它们的一根茎或一片叶子，我们会看到一种白色的汁液从里面流出来，这是一种由不同物质组合而成的乳液，可以有力地保护植物免受蛞蝓等害虫的侵害。然而，在由前者衍生出来的栽培品种中，我们几乎看不到这种乳液的存在，因此，不管园丁们怎么痛心疾首，人工栽培的生菜植株都没有办法再阻挡蛞蝓去吃了它们。"

不过还有一种情况需要特殊说明，莴苣幼苗更容易缺乏这种乳胶物质，而当莴苣叶子长大并开始"卷心"，还有开始结种子的时候，植株又会产生大量这种乳胶物质。所以现在的情况就是，在这种植物生命刚刚开始的时候，在其第一片嫩叶尚处于萌芽状态的时候，反而是它们最脆弱的时候，毫无自保能力。尽管这样说可能令人匪夷所思，但是我仍然觉得人工栽培的莴苣不知怎么晕了头，导致它不再能清楚地知道自己的处境。——原注

刺部位的生长；相反，当植物生长在干燥、阳光炽烈的地方时，它们的尖刺会成倍增长，仿佛植物能够清醒地感知到一个事实：作为乱石荒滩或者沙漠里为数不多的幸存者，除了它们以外，掠食者们对食物来源几乎没有什么选择余地，在这种情况下，它们只能拼尽全力，竖起浑身密密麻麻的尖刺来保护自己。此外，植物还存在一个显著的特性，即当经过人工栽培之后，大部分多刺植物的尖刺都发生了退化，因为在非自然的环境下，它们的安全已经不需要自己去操心了，它们可以安心地生长在保护者为它们修建的带围墙的花园里了。①

某些植物，例如紫草科植物，身上长的不是尖刺，而是长着像

动物身上鬃毛一样坚硬的须毛。而另外一些植物，例如荨麻，会在它们的刺毛上加上毒素。还有一类植物，例如老鹳草、薄荷、芸香等，它们会散发出某种强烈的气味驱赶动物。不过，最奇特的防御措施却来自那些单纯使用机械装置来保护自己的植物。这里我仅举木贼作为示例，它们在植株表面武装了一层名副其实的由二氧化硅细微晶体构成的盔甲。除了它们，几乎所有的禾本科植物都会在自己组织内加入石灰质，从而阻止蛞蝓和蜗牛对植株的噬咬。

第十章

在我们开始讨论异花受精植物更为复杂的特殊装备之前，让我们先来看一下生长在我们花园里的大多数植物的婚姻模式吧，我们以最简单的几种花草为例来解释它们想出的绝妙主意！在同一朵花冠里，"新郎"和"新娘"从出生、相爱到死亡都始终待在一起。这种花冠的典型构造已经广为人知，雄蕊就是"新郎"，即花朵的雄性器官，通常比较纤细但是为数众多，紧紧簇拥在粗壮的"新娘"——雌蕊周围。"丈夫和妻子，他们欢喜和乐地共处一室"（*Mariti et uxores uno eodemque thalamo gaudent*），声名显赫的博物学家林奈①曾经这样轻松地调侃道。但是，具体到每一朵花，雌蕊和雄蕊在位置分布、形态以及习性等方面都会有所区别，就好像大自

① 卡尔·冯·林奈（Carl Linnaeus，1707—1778），瑞典植物学家、动物学家和医生。他奠定了现代生物学命名法二名法的基础，是现代生物分类学之父，也被认为是现代生态学之父之一。

然在创造它们的时候并没有拿定主意，又或者由于她过于注重想象力，力求避免任何形式的重复，才会形成现在这样万紫千红相似而不相同的多样性。通常情况下，当花粉成熟的时候，它们会自然地从雄蕊顶端飘落下来，正好落在雌蕊上面；然而有些例外情况也同样非常普遍，例如，在有些花朵里，雌蕊和雄蕊高度相同，或者两

异株荨麻
stinging nettle

者之间距离甚远,或者雌蕊的高度是雄蕊的两倍。这样一来,要想让雄蕊产生的花粉顺利地与雌蕊结合就颇为耗费精力了。有些植物,例如荨麻,它们的花粉藏在花冠的底部,平时它们的花冠都呈蜷缩状挨近茎秆,就在授粉开始的一瞬间,荨麻的茎秆猛地像弹簧一样伸直,将其顶端的花粉囊或者花粉块弹射出来,像一团粉雾一样撒向雌蕊的柱头。有些植物,例如小檗,它们只有在晴朗的白天才会授粉,因为小檗的雄蕊上长着两个充满液体的腺体,液体的重量使得雄蕊向下弯曲,垂在花冠边缘,与雌蕊距离很远;当太阳出来的时候,阳光蒸发了雄蕊上的液体,于是就像失去了压舱物的潜艇一样,雄蕊猛地挺起了弯着的腰，一下子就将花粉撒播到雌蕊的柱头上。大千世界，万物各异，分布在世界各个角落的各种花草，它们的授粉方式就更加多样化了。例如，报春花拥有两种类型的花冠，在其中一种花冠里雌蕊比雄蕊长，另一种则雌蕊比雄蕊短。百合、郁金香和其他一些花草的情形相同，它们的雌蕊都非常细长，收集并固定花粉的工作主要由雌蕊来完成。不过，要说最具独创性和最为异想天开的授粉方式当属芸香了，芸香是一种具有通经作用的药草，散发着一种从某种程度上讲比较难闻的强烈气味。它黄色的花冠里分布着纤细而整齐的雄蕊，它们从

欧洲小檗
common barberry

欧洲报春
common primrose

四周紧密地包围着中心粗壮的雌蕊，等待着授粉的那一刻。当婚礼进行曲终于奏响的时候，雄蕊会完全听候雌蕊的号令，这时候雌蕊首先指定了众多雄蕊中的一根，于是这一根幸运的雄蕊就会主动靠近并触碰雌蕊顶端的柱头。接着，从这一根开始向旁边数过去的第三根、第五根、第七根、第九根一直到整个一圈中最后一根排位是奇数的雄蕊都依次上前为雌蕊贡献花粉。这一轮结束之后就轮到第二根、第四根、第六根等所有偶数排位的雄蕊依次上前授粉。这简直是菜单式爱情服务的典范！这种会数数的花实在是太神奇了！我一开始并不相信书本上植物学家对这种花的描述，于是我不只一次亲自去验证它们对数字的敏感性，事实最终说服了我。我确信这种花在数数方面的确极少犯错。

说到这里，再继续没完没了的罗列植物授粉的不同方式就没什么太大的意义了。如果你对这方面感兴趣，那请你去森林或者田野走一圈，仔细观察一下，你会发现一千种不重样的授粉方式，每一种都不比植物学家书中描述的情形逊色。不过，在这一章结束之前，我还要再多提一种花，并不是因为这种花有多么奇特的习性,而是因为人们很容易就能从这种赏心悦目的花朵中感知到浓浓的爱意。我说的就是黑种草,它还有许多别名,例如:"模糊的爱"(love-in-a-mist)、"灌木丛里的恶魔"(devil-in-a-bush)或者"衣衫褴褛的女士"(ragged-lady)。别看这种小花不起眼,却是许许多多荡气回肠、缠绵悱恻的感人诗篇歌颂的对象。这种草在南部地区的野外比比皆是,通常它们生长在油橄榄树的树荫下,它们也通常被用来点缀北方老式的花园。它们的花朵呈淡蓝色,花朵构造简单,就像是最初级的绘画作品上只用线条描出的小花,而所谓的"维纳斯的长卷发"或者"破衣烂衫"指的是它们针状的、纤细的、纷乱纠结的长叶片,这些叶片层层叠叠,细密的围绕着花冠,为娇嫩的小花布

黑种草
devil in the bush

置了迷雾般翠绿的背景,这也是"衣衫褴褛的女士"得名的由来。在花朵的根部,五根极长的雌蕊聚拢在一起,它们挺拔纤细、冷艳高贵,难以接近,像五位穿着绿色长袍的王后,而花瓣就像天蓝色的皇冠一样环绕在它们四周。在它们脚下匍匐着不可胜数的仰慕者——雄蕊。此时此刻正值气候宜人的夏日,在这座由红宝石和绿松石建造而成的宫殿中心开始上演着一场默剧,可以预见这肯定是一场悲剧,人们仿佛能够感受到雄蕊那种无力的、无效的、无法移动的绝望等待。但是随着时间的推移,在我们看来可能只有几个小时,而对于花朵来说已经过去了好几年,终于,高高在上的女王们也经不起岁月的重压,终于低下了它们高傲的头。就好像它们的一切行动都必须遵循爱情之神所发出的隐秘而不可抗拒的命令一样,在一个特定的时刻,爱神认为,给予爱侣们的考验时间已经足够长了,于是,五根雌蕊同时向后弯折,画出了协调一致、对称统一的抛物线,弧度完美而和谐,就像一眼五股水的喷泉,以同一弧度喷射到后面的水盆里。在金黄色的花粉雾的映衬下,她们谦卑的仰慕者们急忙献出热吻,女王们纡尊降贵,优雅的蘸取花粉,完成授粉的过程。

第十一章

① 乔治·罗马尼斯(George John Romanes,1848—1894),生物行为学家和生理学家。

正如我们看到的那样,我们的书中充满了意外。罗马尼斯①写过一本描绘动物智慧的书,对业界有着非凡的影响,与之相似的是,我的这本书集中描绘了植物的智慧,同样也应该是意义重大的。不过,我却并不打算像罗马尼斯一样将这本书写成指南类读物,我的本意仅仅是描绘一些发生在我们周围的、日常中有趣的事情,从而激发读者的兴趣,诱发人们深思，改变我们固有的偏见，因为在这个世界上我们并不是一枝独秀、唯我独尊的存在。书中的小故事并没有经过仔细挑选，完全是基于我们平时最熟悉的周边环境，随心所欲，自然而然地信手写出。不过，在这段小小的备注里，我要提议，我们应该把对植物花朵的观察研究放到比其他部分更优先的地位，因为正是花朵植物才闪现着最伟大的奇迹之光。到目前为止，我尚未对肉食性植物（carnivorous flowers）进行过详细的描述，诸如茅膏菜属、猪笼草属、瓶子草属及其他类似的植物，因为这些植物接近动物界，我们需要单辟一章对它们进行特殊而详尽的研究。所以，在之前的章节里，我集中精力描绘的仅仅是那些"纯"植物花朵，即那些我们认为无意识的和非动物性的花朵。

莱佛士猪笼草
Raffles' pitcher-plant

紫瓶子草
purple pitcherplant

为了区分事实和理论，姑且让我们以人类的眼光来看待它们，假设它们对未来的预见和构想统统都实现了。稍晚些时候再让我揭晓这种假设是否与事实相符，以及是否需要做进一步的取舍修改，不过就目前来看，我们还是让这个假设像一位真正闪闪发光的公主一样，独自站在舞台的聚光灯下吧，在舞台的中心，她浑身沐浴着理性，拥有着强大意志力的光芒。从这个方面来看，这种假设似乎哪样东西都不缺，因为理性和意志力两者缺一不可，一旦少了其中一项，我们的假设就变得非常模糊晦涩。不同于我们的混乱和焦灼，我们研究的对象，就在它们的茎梗上，安安静静地等待着。花朵作为植物的生殖器官，张开了它那令人眼花缭乱的花瓣，小心翼翼地将它们的未来保护起来。表面上来看，它们要做的只是顺其自然地在这个临时搭建的婚房里完成雄蕊和雌蕊之间的神秘结合。自然界里许许多多的花朵也是这样做的，然而，对另外一种数量庞大的异花受粉植物来说，它们在授粉的过程中就面临着一个巨大的、不可避免的、糟糕至极的障碍——雌性和雄性生殖器官并没有长在同一朵花冠里。古往今来，在漫长的时间长河里，数不清的自花传粉——雄蕊簇拥着雌蕊生长在同一个花冠里，雄蕊产生的花粉沾到雌蕊柱头上完成授粉的一种繁殖方式——实践导致了本种族的迅速退化。是否正是因为发现了这个问题的严重性，植物们才会有意识地进行纠正？或者还有一种可能，就像我们人类一直以来想当然认为的一样，植物根本不会观察周围的环境，也不会有什么适者生存的意识，因此，异花受粉植物出现的原因很简单：那些因为自花授粉而退化的种子和植物逐渐被自然界淘汰掉了。然而，在不经意间发生某些变异的植株个体却生存了下来，譬如说，某株植物的雌蕊长得比一般的要长很多，在这种情况下，同一朵花冠里的雄蕊几乎不可能将花粉传播到雌蕊柱头上，就这样慢慢地，在上千年的进化过程中，只有这些不走寻常路的植株能够一代一代繁衍，因此这些偶然发生的情况最终被整个种族的遗传基因采纳，而正常生长的种类却因为不知变通而逐渐消失了。

草地鼠尾草
meadow sage

第十二章

此时此刻，这番解释令我们醍醐灌顶，拨云见日。就让我们再一次走进花园或者田野，更加细致地去观察那里的花朵，找到两三种能够反映它们智慧的新奇发明来做更加细致的研究。事实上，可能刚刚离开房子，并不需要走很远的距离，我们就会发现田野里某个地方簇拥着许多蜜蜂，这些高度社会化的小动物纪律严明，技术高超，它们逐花蜜而居。不过蜜蜂只是我们邀请的宾客之一，还有一位宾客并不像蜜蜂那样惹人注目，那就是在乡村生活了一辈子的人都不一定仔细观察过的鼠尾草属植物。这是一种不喜装模作样的唇形科植物，它们开的花并不好看，确切地讲，像一张血盆大口，恶狠狠地将射到它身上的阳光吞噬进肚子。就花形而言，它们代表的是一类为数众多的植物品种，我们接下来就是要探讨它们的传花授粉系统，不过这里有一个非常奇怪的细节——该类目下的植物变种繁多，它们的生殖系统的完善程度不尽相同。所以我在这里只能集中精力描绘其中一种最为常见的鼠尾草。仿佛为了庆祝春天的到来，它们为我家露台外面所有的墙面和四周的油橄榄树都挂上了紫罗兰色的帷帐。我向你们保证，就连居住在宏伟的大理石宫殿里的国王们都没有见过比这更加豪华壮美的场面，不仅如此，它们的颜色如此娇美，它们散发的气味如此芬芳，让人享受一种心旷神怡的美好。尤其到了正午时分，太阳光最为热烈的时候，它们发出的香气也最为浓烈。

接下来，让我们关注一下鼠尾草花内部的细节，鼠尾草唇形花的上唇部位长得像一顶兜帽，而雌蕊柱头就生长在兜帽里，同时里面也长着两根雄蕊。然而，为了阻止生长在同一间"婚房"里的雌蕊和雄蕊结合，鼠尾草花的雌蕊柱头足足有雄蕊的两倍长，因此雄蕊是无论如何也够不到雌蕊柱头的。此外，为了封死所有意外发生的可能性，鼠尾草花具有一个特性——"雄蕊先熟"，意思就是雄蕊总是在雌蕊之前成熟，这样一来，当雌蕊开始成熟，准备好授粉的时候，雄蕊早已枯萎不见了。因此，鼠尾草花想要成功完成授粉的过程，就必须邀请外援，寻求帮忙，想办法为遭到遗弃的雌蕊柱头弄来别的花朵里的花粉。为数众多的风媒花把这个责任随意地托付给了风。但是鼠尾草没有这么草率，像其他数量更多的植物一样，它们属于虫媒授粉花，也就是说，它们喜欢和小昆虫打交道，并且将它们传宗接代的大事完全委托给这些小昆虫来完成。不过，鼠尾草这种植物非常聪明，它们深谙生存之道，从来不相信无缘无故的爱，它们知道在这个世界上最不能指望的就是别人的同情和不求回报的帮助。因此，它们没有浪费时间寄希望于蜜蜂高贵的品质，乞求它们无私的帮助。而蜜蜂，像这个世界上其他所有为了自身和本种族的生存苦苦挣扎的生物一样，也绝不可能因为花朵给自己提供了食物而自觉地帮助它们。那么，作为虫媒花授粉过

药用鼠尾草
common sage

程的"媒人",蜜蜂是怎么鬼使神差地,或者说不知不觉地完成了它的使命呢?想要回答这个问题,那就让我们一起来观察鼠尾草究竟为蜜蜂设下了什么样的"爱的陷阱"吧:在它们紫罗兰色丝绸般的花瓣卷成的帷幕深处,鼠尾草花悄悄渗出几滴花蜜,这就是它们洒下的诱饵。但是,形状有点儿类似荷兰式吊桥的两条平行分布的茎秆却拦在客人们品尝香甜花蜜的必经之路上。在它们每根茎秆的顶部长着一个大大的花粉囊,里面的花粉多得都快溢出来了;而在两根茎秆的根部长着两个稍小一些的袋状物,它的作用是为顶部的花粉囊提供平衡。当蜜蜂进入花朵里面的时候,为了吃到花蜜,它们必须用头把茎秆根部的小一点儿的袋状物顶开。这个时候,共享同一个轴心的两根茎秆就会立刻倒伏下来,而位于茎秆顶部的花粉囊就会随着茎秆降落下来,砸在闯入者身上,于是这种小昆虫便浑身沾满了具有繁殖能力的花粉尘。一旦蜜蜂离开这朵花,这个带有弹簧的机械枢轴装置就会使茎秆归位，恢复到初始状态，准备接待下一位来访者。

然而，这只是鼠尾草自编自导的大戏的前半部分，结局会在另外一个场景上演。在相邻的一朵花里，在雄蕊刚刚枯萎的时候，姗姗来迟的雌蕊进入了舞台中央，急切地渴望着雄蕊撒播花粉。它们从兜帽状的花瓣里慢慢展开，渐渐变长，伸展出来，微微垂下，接着向下弯曲，它们的尖头开始分叉，这一次是雌蕊像栅栏一样拦在花房门口。蜜蜂想要进入到花房里吸食花蜜，就必须用它们的头将花房门前悬挂的分叉并且向下弯曲的雌蕊顶开，当它们钻进去的时候，雌蕊顶端正好碰到它们身侧和背后黏附着的花粉。鼠尾草花雌蕊的柱头是二半裂状的，也就是说，像两瓣张开的嘴唇，贪婪地舔食着银色的花粉，直到此时，它们的受粉过程才算完成了，这是多么不可思议和绝妙啊。听上去很复杂，是吗？其实，如果我们拿一根稻草或者火柴棍来模拟昆虫，实地观察一下鼠尾草花蕊内部的机动装置是如何起作用的就会发现，想要让每个细节精确和动作协调是非常不容易的。

鼠尾草属植物的品种非常多，大概有五百来种，我在这里列举几个品种：草地鼠尾草、药用鼠尾草、彩苞鼠尾草、冬鼠尾草、胶质鼠尾草、南欧丹参、柏丛鼠尾草、天蓝花、一串红（我们篮子里美丽动人的鼠尾草）等等，除此之外还有更多植物我就不一一列举了，也省去读者们的麻烦，还要去读一些拗口难解的名字。我们刚才描绘的鼠尾草花授粉的精妙机械装置在这么多鼠尾草品种里都有着或多或少的调整，有些品种的改进措施让人比较迷惑，例如，有些鼠尾草花的雌蕊超乎寻常的长，大概有普通鼠尾草的两倍到三倍，它们不但能够从兜帽状的花瓣里伸出来，甚至长得伸出了整朵花，可以在花朵的入口处形成一扇羽毛状的弯曲屏障。它们形成这种形态的目的就是为了防止雌蕊柱头被同一朵花内部生长的雄蕊的花粉囊碰到，无意间完成自花授粉；但是，如果作为"媒人"的昆虫在离开花朵的时候不慎将其身上从花房内部沾染的花粉蹭到门口的雌蕊柱头上的话，那么花朵想尽办法避免的结果还是会发生（同一朵花里的雌蕊和雄蕊结合）。而另外一些品种的鼠尾草属植物，它们的雄蕊会在杠

天蓝花
azure blue sage

南欧丹参
clary sage

杆的作用下，将花粉囊尽可能远的散播开，这样就增加了将花粉精准的黏附在闯入花房的小昆虫身上的概率。最后，还有一些品种的鼠尾草属植物，在设置和调整这套精密机械装置的过程中并不成功。例如，在我家花园里，离蓝花鼠尾草（violet sages）不远的水井边，在一丛夹竹桃下面，长着一堆小草。它们开一种白色的、上面带有一点儿粉紫色的花，花朵里面没有任何类似于杠杆的装置。雄蕊和雌蕊杂乱无章地丛生在花冠中心。看上去它们完全放弃了努力，将一切决定留给命运。

毫无疑问，尽管唇形科植物的品种数不胜数，但是，如果一个人有兴趣、有恒心，他就可以收集尽可能多的案例，重新建构其发展的整个历史，并且按照各个品种为了繁衍而做出的发明创造的复杂程度来排序，在我花园里生长着的白花鼠尾草可能是最初级的，它们的繁衍计划杂乱无序、听天由命，而草地鼠尾草迄今还在不断地调整其授粉系统。我们能够从中得出什么样的结论呢？在芳香植物里，鼠尾草花的这套体系是否尚处于实验阶段？它是否像驴食草的"阿基米德式螺旋抽水机"一样，正处在模型或者"试运行"阶段？并不是所有花朵里面的自动杠杆装置都能完美运转，这是否验证了一个道理：在这个世界上，万物必须遵循一定的规律，极其有序的按照既定的轨迹生存，而与此同时，世界上所有事物又都不可能一成不变，表面的平静下暗潮涌动，所有事物都在努力寻找更适合自己发展的生存之道？①

① 多年来，我一直潜心投入一系列鼠尾草的杂交实验（首先采取了常规的预防措施用来防止风或昆虫的干扰），用某些物理机制已臻完美状态的鼠尾草品种的花朵与另外一种非常落后的品种的花粉，或者相反的组合，进行人工授粉。我的观察样本还远远不够多，因此我还不能就此实验提供任何细节。尽管如此，从这并不完善的实验中，某种普遍存在的自然法则仿佛已经若隐若现——落后品种的鼠尾草更倾向于继承先进品种的品相，而后者则并不容易接受前者的缺陷。这或许会从侧面帮助我们更好地窥见大自然的行事规范和口味倾向。但是这些实验必然是进展缓慢且历时长久的，因为无论是收集不同品种，还是无数必需的证据或反证都是十分耗时的。因此，在现阶段就得出哪怕最微小的一点结论都是不成熟的。——原注

第十三章

不管怎么样，大部分鼠尾草属植物所开的花都为复杂的异花受粉问题提供了有效的解决方案。但是，就跟人类社会一样，一种新发明出现以后，会被一小部分不知疲倦的探索者不断地进行简化和改进，因此，在被我们认为能够娴熟运用"机械力学"原理的花草世界里，鼠尾草并没有独享"专利"，相反，在众多植物孜孜不倦的努力下，将许多细节改进得更加完美了。林地马先蒿是一种极为常见的玄参科植物，你们肯定在小树林里或荒郊野外的树荫里发现过它们漂亮的小花。这种不起眼的植物就为鼠尾草开创性的发明进行了极具独创性的革新。它们的花冠几乎与鼠尾草花的花冠毫无二致；雌蕊柱头和两个花粉囊同样被包裹在花冠上半部的兜帽状花瓣里。在整个授粉过程中，只有雌蕊尖尖的、湿润的顶端会从兜帽里

伸出来，花粉囊则自始至终都一直被严密的包裹在花冠里面。因此，在这个狭小的丝绸般光滑的幕帐里面，雄性和雌性生殖器官彼此之间距离很近，有时甚至是紧紧挨着的；然而由于它们在构造上还是与鼠尾草花有着很大的区别的，因此，即便雌蕊雄蕊如此接近，自花授粉的可能性也是完全被杜绝的。实际上，花粉囊里有两个装满花粉的袋子，每个袋子只有一个开口，由于两个袋子紧紧并列在一起，它们开口相向，正好彼此相通，同时又封住了通向外面的出口，就像一排咬紧的牙齿，无论弯曲的、有弹力的茎秆怎么移动，花粉都被它们强行密封在花粉囊里。当蜜蜂或者熊蜂想要进入到花冠里吸取花蜜的时候，它们必须将拦在路上的这排"牙齿"推开才能进入，只有这个时候，两个紧挨在一起的花粉囊才会被分开，藏在内侧的开口才会朝外打开，说时迟那时快，花粉

林地马先蒿
common lousewort

囊在蜜蜂飞走之前突然向外弹出，将里面的花粉尽数撒在这些小昆虫的背上。

这种植物的天才和远见并不局限于此。赫尔曼·米勒[1]是有史以来第一位将马先蒿属植物花朵里神奇的机械装置作为观察对象，完成了完整研究过程的人，他的研究成果表明（这篇引文摘自一篇综述）：

> 如果雄蕊和进入花冠的昆虫之间保持着不变的相对位置，那么雄蕊身上的花粉一颗都也不会撒播出来，这是因为两个管口正好互相封闭。这个装置设计得如此简单而精妙，轻易地就能解决眼前的难题。与其他呈现出辐射状对称或平衡的花朵不一样的是，这种植物的花冠形状并不规则，构成花冠下半部分的花瓣就歪在一边，呈一定角度倾斜，其中一边比另一边稍微高了几毫米。因此，当熊蜂飞到花瓣上来的时候，它们也必须以同样的角度，倾斜地站立在上面。这样一来，它们的头会先撞到高的这一边的花冠的突出部分，然后再撞到另外一边的突出部分。于是，雄蕊释放花粉的过程也就顺利完成了，雄蕊顶端的花粉囊依次打开，依次撞击到昆虫身上，再依次将含有遗传物质的花粉撒到虫媒身上。

> 当熊蜂们吸完这朵花的花蜜再去拜访下一朵花的时候，它们就不可避免地帮助花朵们授粉了，这是因为——我在前面的描述里可能有意回避了这一点——熊蜂们将头挤进花冠的时候，首先碰到的肯定是雌蕊柱头，而且被雌蕊柱头碰到的首先是熊蜂的身体部位，肯定是它们在上一朵花里被雄蕊碰到而携带了最多花粉的部位，并且这并不

---

[1] 赫尔曼·米勒（Hermann Müller，1829—1883），德国植物学家，曾与查尔斯·达尔文合作。

算终结,稍过一会儿,等熊蜂从这朵花里出来的时候,它们身体的同一部位又会被这朵花的雄蕊光顾。

第十四章

相同的例子太多了,如果我们愿意,甚至可以无限列举下去。每一朵花都有自己独特的想法、体系和从经验中获得的优势。当我们走近它们,仔细研究它们小小的创意和它们各有特色的方法的时候,我们就好像走进了一个令人着迷的机械工具展销会,里面罗列着制造机械装置的机器设备,它们充分展现了自己在机械方面的聪明才智。相比之下,我们人类所掌握的机械知识才刚刚起步,而花朵内部的机械装置却已经工作了千万年。在那个洪荒年代,当花花草草初次登陆我们地球表面的时候,它们周边没有任何东西可以模仿;它们不得

欧洲椴
common lime

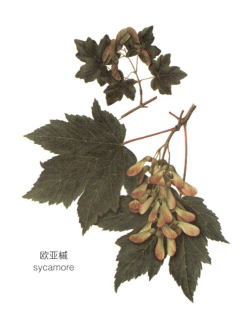

欧亚槭
sycamore

不发掘自己内部的资源,并逐渐获得今天的成就。在不远的过去,我们对机械的理解还停留在棍子、弓箭和连枷这种原始工具的程度上;渐渐地,我们开始理解更为复杂的机械原理并创造出了纺车、滑轮、滑车、撞锤等工具;又到后来——确切地讲,就是去年——我们创造出了诸如弹射机、钟表和纺织机等机械工业史上的划时代之作,而与此同时,路旁默默无闻的鼠尾草早已精确地掌握了杠杆的立柱和平衡力原理,马先蒿也已经有办法将它们雄蕊上两个花粉囊开口严丝合缝地闭合在一起,以及利用弹力装置和花瓣的倾斜角度进行授粉的后续过程,其巧妙精确的程度如同在科学实验室中操练过无数次一样。让我们回顾过去,一百年前谁会想到将螺旋体的性能应用到现实生活中呢?而槭树和椴树在刚刚开始出现在地球上的时候就已经在用了。让我们展望未来,什么时候人类才能造出一种像蒲公英的种子那样准确、轻巧、精细和安全的降落伞或者飞行器呢?我们什么时候才能像鹰爪豆一样,能在如丝绸般纤细脆弱的纤维上插入一个强力的弹射装置,将金黄色的花粉弹射到空中去呢?我在这本小册

喷瓜
squirting cucumber

子开头处提到过一种叫喷瓜①的植物,谁又能说清楚它们的洪荒之力来自哪里呢?你们知道这种植物吗?它是一种毫不起眼的葫芦科植物,广泛分布于地中海沿岸。它们的果实长得很像一只小小的黄瓜,只不过表皮上长满了刺状突起,别看它们貌不惊人,其内部却蕴藏着人类无法解释的巨大能量。只要轻轻碰触一下,成熟的果实就会像抽筋一样猛烈收缩,从花梗上脱离出来,与此同时,一股包裹着无数细小种子的密度很高的黏液会从果实上裂开的口子弹射出去,降落到离母株四、五码远的地方。大家可以想象这样一个场景:在大街上一个人突然毫无征兆的抽搐,然后紧接着他的内脏器官和浑身的血液从皮肤和骨架里爆裂而出,喷射到半英里之外。喷瓜果实弹射动作的幅度和惊悚程度绝不亚于这幅场景。

① 可见第三章第6页。

扁桃叶大戟
wood spurge

欧洲油菜
rape

除了这种惨烈的自爆行为，另外还有大量植物的种子采取了类似于投弹的方式进行传播，它们身体里也蕴藏着我们难以理解的巨大力量源泉，比较常见的有油菜籽和石南，不过在众多植物弓箭手中，其佼佼者当属大戟。我们国家的气候非常适合大戟的生长，它是大戟科植物里植株比较高的一种"野草"，非常具有观赏性，其植株常常长得比成人还高。就在我写下这段文字的时刻，在我的书桌上就摆放着一丛大戟，插在盛满水的玻璃器皿中。它们的果实是分成三瓣的绿色浆果，种子就包裹在果实里。时不时地，伴随着一声爆响，就会有一颗浆果爆裂开来，里面的种子带着与生俱来的巨大速率，啪啪地打到书房的家具和墙上。如果其中一颗正巧打在你的脸上，你会有被一只小虫子叮到的感觉，最离奇的是，这些跟大头针的针头差不多大小的种子具有超强的穿透力。但是，即便你仔细地搜索浆果内部，也找不到类似弹簧之类的动能的助力，所以不管大戟草的种子究竟是如何获得动能的，其中的奥秘仅凭人类的感官是觉察不到的。

让我们再回过头来看看鹰爪豆吧，它们不仅长着豆荚，它们的花朵里还设置有弹簧装置。可能你们早就发觉了这种植物的奇特之处。它们在以弹力超强著称的金雀花家族①中也属于出类拔萃的。我们可以用很多词来形容它们：生命力强，外表看来楚楚可怜，实际上非常清醒而强壮，它们不挑剔泥土，不畏惧恶劣环境的折磨，广泛分布在南方乡野小路边和山区里，形成一簇簇的球型植株，有时候能长到三码那么高，到每年五六月份的时候，上面就会布满绚丽的纯金色花朵，在野生环境下，鹰爪豆周边经常会生长着忍冬，两种鲜花的香味混合在一起，能够飘散到很远的地方。想象一下，头顶上炽烈的阳光无情的炙烤着，突然间飘来一股好闻的，混合着

---

① 鹰爪豆，俗称西班牙金雀花（Spanish broom），鹰爪豆属（Spartium）只有它一种。但鹰爪豆与染料木属（Genista）、金雀儿属（Cytisus）关系密切。金雀花（broom）广义上包括豆科植物（尤其是染料木属和金雀儿属）中生有细长枝条、小叶片、鲜黄色花朵的成员。

鹰爪豆
Spanish broom

鹰爪豆和忍冬味道的香气,这种滋味简直美妙的难以言表,"久旱逢甘霖"形容的大概就是这种感觉。

这种金雀花,就像所有蝶形花豆亚科的花朵一样,花形与我们花园里种植的豌豆花非常相似,下半截花瓣就像被焊接结实的大帆船前舱一样,将雄蕊和雌蕊密封在里面。如果蜜蜂在它们还没有成熟的时候前来拜访,就会发现这个前舱无论如何都打不开。但是,一旦被禁闭在内的新郎和新娘到了成熟的年龄,一旦有到访的小昆虫站立在上面,前舱就会因为重力的缘故向下弯曲;这个时候,金色的密封舱就会猛然崩裂,天女散花一般将大团绚丽的粉末撒向来访者,相邻的花朵次第绽开,崩裂的花瓣舒展开来,像一座带庭院的顶层豪宅一样,露出里面的雌蕊柱头,沐浴在纷纷洒洒撒过来的花粉雨中。

第十五章

还意犹未尽的读者可以去找克里斯蒂安·康拉德·斯普壬格(Christian

Konrad Sprengel）的专著来看，他在1793年出版《在花的结构和受精中发现自然之谜》一书中首次就兰花身上不同部位的功能问题进行了分析。除此之外，还可以参考查尔斯·达尔文、利普施塔特市的赫尔曼·米勒博士、希尔德布兰德（Hildebrand），以及意大利人德尔皮诺（Delpino），和威廉·胡克爵士（Sir William Hooker）、罗伯特·布朗（Robert Brown），以及其他很多人的著作。

  从兰科植物身上，我们能找到植物拥有智慧的最完美、最和谐的证明。这种花花形缠绕纠结，与众不同的花卉将植物的智慧发挥到了极致，而且从它们身上迸发出的智慧之火几乎能穿透物种之间不可跨越的厚墙。"兰花"这个名字给我们的印象就是应该被小心翼翼安置在温室里的稀有珍贵品种，每一株都是无价之宝，需要金匠为之打造昂贵的器皿来培植，几乎不可能出现在普通人的花园里，就这个意义而言，大家千万不要因为先入为主的印象而产生误解，以为我们即将要讨论的重点会仅仅放在稀有珍贵的花卉品种上。实际上，在野生植物种群中至少包含有二十五种兰科植物，其中既有超凡脱俗、复杂独特的名贵品种，也有在我们眼中属于路边"野草"的品种。查尔斯·达尔文就曾经写过一本书专门研究这种植物——《论兰花利用虫媒授粉所采取的手段》（On the Various Contrivances by which Orchids are fertilized by Insects），他将这种花卉内在的精髓和它们为了授粉所付出的英雄般的努力描绘得淋漓尽致。该书用了大量篇幅描绘这种空灵高洁的植物，所以，在这里，我们用寥寥数语就加以概括是完全没有可能的，而且我也无意这样做。尽管如此，既然我们的主题聚焦在花卉的智慧上，我们又不得不在这里提到某些植物超凡脱俗的奇思妙想，它们似乎有种魔力，能够通过某些办法从精神上控制住蜜蜂或蝴蝶这类小昆虫，让它们严格按照自己写好的剧本进行表演，在时间和空间上都能做到毫厘不差。

第十六章

没有图片的帮助，我们很难解释清楚兰花内部异常复杂和独特的构造和其中精妙的机械装置。尽管如此，我还是会努力用通俗的类比方式帮助读者充分理解它，而不是用令人费解的科学术语——例如，着粉腺、唇瓣、蕊喙①等，对植物学门外汉来说，这些术语并不能在脑海里引发任何形象化的联想。

> ① 蕊喙通常为舌状，位于柱头上方，包含有黏性物质或一部分变成黏块，称黏盘，在昆虫传粉时黏着于昆虫身上，起着带走花粉团的重要作用。

首先，我们以两种在我国分布最为广泛的兰科植物为例，第一种学名是 *Orchis maculata*②，这种兰花的花形相对而言比较大，所以观察起来也更容易，其次是 *Orchis latifolia*③，俗称草地火箭，它是多年生植物，能够长到大概一英寸多点儿的高度，在林间和潮湿的草地里很常见，每年五月至六月间，它们小小的粉色花朵呈聚伞圆锥花序④绽放。

> ② 现学名为 *Dactylorhiza maculata*，即斑点掌裂兰。
>
> ③ 现学名为 *Dactylorhiza majalis*，某种掌裂兰属植物。原书将其与 *Dactylorhiza maculata* 视为同一种植物，是因为这两种植物多有杂交。在这里，我们还是分开对待。
>
> ④ 主轴无限、侧轴聚伞状，圆柱状或卵形的密集圆锥花序。

典型的兰科植物的花朵的外形就像一只神话传说中的中国龙，张开大大的嘴巴打哈欠。这张嘴的"下嘴唇"特别长，像一条周边带有锯齿状花边的围裙一样挂在下面，它的作用主要是给授粉的小昆虫提供一个落脚的地方。而"上嘴唇"则卷折成一个类似于兜帽的圆筒，保护着里面的重要器官；在花朵后面，除了花梗之外，还悬挂着一根长长的尖刺状长角，里面是空心儿的，盛满了花蜜。在植物界大多数花朵里面，雌性器官——即雌蕊柱头——通常比较纤细矮小，上面布满黏液，一丛一丛的长在脆弱的茎秆顶头，耐心地等待着花粉的到来。但是在兰科植物里，这套传统的生殖装置就发生了翻天覆地的变化。在兰花唇状花的后面的位置，类似于我们嘴唇后面的咽喉里应该长着悬雍垂（小舌头）的地方，长着两根紧紧连接在一起的雌蕊柱头，在它们的上方却伸出了另外一条变异了的雌蕊。在第三根雌蕊的顶端长着一个液囊，或者更加确切地说，一个盛满液体的袋子，这个东西是兰花的蕊喙。在盛满了黏性液体的液囊（蕊喙）里，浸泡着两个极小的球形物体，从它们身上伸出两条短短的茎秆，其顶端携带着花粉束，平时这些花粉束都是被小心翼翼地捆扎在一起的。

现在，就让我们看看，一只昆虫的到访会引发什么样的连锁反应吧。小昆虫飞过来，先停落在唇形花那早早伸展开来做好迎接准备的下唇上面，花朵后面传来了花蜜的甜香，受到吸引的到访者立即寻找通往花朵正后方尖刺状长角的道路。但是

斑点掌裂兰
heath spotted-orchid

这条通道被故意设计得非常狭小，在它艰难前行的时候，它的头部就会不可避免的撞击到蕊喙。而蕊喙的特性就是对无论多么微小的撞击都非常敏感，于是，受到撞击的蕊喙立即裂开一条大口子，露出了里面浸泡在黏液里的两颗微小的球形物体。一旦直接接触到来访者的头部，这两个球体就会紧紧的黏上去，于是，当小昆虫吃饱喝足之后，它就会携带着球体、球体上的短秆、以及秆子顶端绑紧的花粉束一起飞离这一朵花。于是，我们就发现，经过了这次造访，这只小昆虫头上就像戴了两顶帽子一样，多出来两个瓶状的角。就在这个时候，无意间做了快递员的小昆虫又去拜访相邻的另外一朵花了。如果这个时候它头上携带的花粉束仍然绑扎得十分结实的话，那么除了让它再多戴两顶帽子之外，不会发生任何事情。不过，正是这个问题的出现，才充分彰显了兰花的三个高贵品质：才智超群、经验老到和深谋远虑。经过分秒不差的周密计算，它们认定小昆虫从吸吮完花蜜到进入另外一朵花平均需要三十秒钟。通过前面的描述，我们已经知道花粉束位于黏糊糊的球状物体上伸出来的短秆顶端。不过我们不知道的是，在球状物体与短秆的交接处，即在每一根短秆的底部都长有一个膜状圆盘，这个装置的唯一作用就是：三十秒的期限一过，它们就会收缩并向短秆施加压力，导致它们弯曲成一个九十度的角。这是兰花新一轮周密计算的结果，不同的是，这一次计算的重点放在了空间上而不是时间上。经过这一变化，小昆虫媒人头上顶着的两只盛满花粉的角现在就正好从它头顶上伸出去指着前方，这样一来，当它进入下一朵花里面的时候，它头上的角就会不可避免的碰到这朵花雌蕊的柱头，因为两根紧紧连接在一起的雌蕊柱头就位于悬垂下来的蕊喙下方。

　　实际上，兰花真实的传花授粉过程比我们刚才描述的还要复杂得多，要知道，兰花还有许多令人惊叹的本领没有使出来呢。受到花粉束击打的雌蕊柱头表面也包裹着一层黏性物质，如果这一层物质的黏度跟蕊喙内部的黏液一样强的话，在连接着花粉束的短秆断掉之后，花粉束就会被这层物质粘住，被牢牢捆扎起来的花粉就会照原样儿黏附在上面，然后就没有然后了，授粉过程只得以失败而告终。因此对兰花来说，这种情况必须要避免，它们必须要为花粉争取到尽可能多的授粉机会。从这个问题上我们就能看出来，除了计算时间和空间的本领之外，兰花还有成为化学家的潜质，它们能合成两种类型的树胶：第一种黏性特别大，而且一旦接触到空气就会立刻变硬，这种黏液被它们用来将花粉束黏在昆虫头上；另外一种黏液就稀薄的多，被用在雌蕊柱头上。其独特的配方正好可以破坏捆扎着花粉束的纤细有弹性的纤维。一部分散开的花粉会黏附在雌蕊柱头上，但是绝大部分的花粉并没有被破坏，当小昆虫继续拜访其他花朵时，它可以持续不断的将花粉散播到其他花朵的雌蕊柱头上去。

我是否将整个奇迹般的过程都描述清楚了？没有，完全没有，我仍然需要提醒大家注意一个容易被忽略的细节：当盛满液体的蕊喙裂开的时候，我们的注意力就完全被里面黏糊糊的球体所吸引，一切都在按照计划有条不紊地进行着，然而，万一授粉的过程在这个时候发生纰漏，譬如花粉束没有被小昆虫带走，那么该如何是好呢？不用担心，因为蕊喙裂开之后仍然继续在运动，它即刻抬起下缘，做好了接住掉落的花粉束并将它们重新浸泡在黏液里的准备。同时，我们也应该注意到许多非常神奇的事情：譬如，花粉束呈分散状黏附在小昆虫头上，另外，化学方法并不是兰花的专利，许多其他植物也会使用。加斯顿·波尼哀[1]最近所做的实验似乎证明了这一点：所有的花卉，为了保护自己种族的纯洁性和完整性，都会暗地里毒杀或者灭掉任何混进来的异种花粉。以上就是所有我们能够亲眼看到的事实，然而，万物共有的特性在这里也毫无例外，真正伟大的奇迹却常常在我们的视觉范围涵盖不到的地方发生。

[1] 加斯顿·波尼哀（Gaston Bonnier，1853—1922），法国植物学家。

第十七章

　　就在我写下这段文字的时刻,在一块油橄榄树林里未经开垦的角落里,我发现了一棵蜥蜴兰的嫩枝,不知道为什么(我猜可能是因为这个品种在英国非常罕见),达尔文竟然没有研究过这种植物。它可以算是我们所有本土兰科植物里最有特色,最神奇以及最令人惊叹的一种了。如果它长着美国兰花那么大个的花朵(这样人们就能更容易观察了),人们肯定要惊叹它是世界上最不可思议的植物了。想象一下,从一株草本植物的中心生出一根聚伞圆锥状花序,从外形上看与风信子的花序十分类似,或许会稍微高一点点,围绕花序中心对称分布着一个个奇奇怪怪的三角形花朵,白底儿里面带点绿色,上面还有浅紫色的斑点。在它们下边的花瓣根部长着一块青铜色的突起,其学名叫种阜①以及巨大的胡须和看上去有些瘆人的淡紫色瘤状物,这些东西向外伸展出来,显得疯狂而且毫无节制,一切都让人觉得很不真实,其外形特别像理发店门口的螺旋状旋转的彩带,不过它们呈现出的是一种沉在水底的死尸的颜色。整株植物让人联想到最可怕的恶疾,它就像一株在迷雾笼罩的荒野绽放的邪恶之花,那种阴森恐怖的地方,只存在于噩梦中,散发着强烈的、逼人的、就像腐败有毒的山羊尸体的臭气,迷雾般浓稠,绵延不绝,掩住了背后的若隐若现的怪物。我之所以用这么多笔墨专门来描绘这种令人厌恶的兰花,正是因为这种花在法国境内分布得十分广泛,其高度和身体各部位的形态在兰科植物里都属于非常罕见的,因此极具辨识度,同时由于它们的适应能力超强,无论我们想在它们身上做任何实验,它们的反应都很明显。实际上,我们所要做的仅仅是找一根儿火柴棍,将火柴棍儿的头儿小心的推到兰花蜜腺深处,我们就能用肉眼观察到它们依次进行的受粉过程。在火柴头儿进入

① 外种皮在珠孔处扩展成海绵状突起,将珠孔盖住,这被称作种阜。

蜥蜴兰
lizard orchid

蜜腺的过程中，因为摩擦的作用，液囊或者蕊喙破损并下降，露出了里面黏糊糊的圆盘（蜥蜴兰只有一个圆盘）以及长在圆盘上面的两根带有花粉的茎秆。一旦该圆盘遭到火柴头儿的大力摩擦，两个盛满了花粉球的小囊就会纵向裂开；接着，当火柴头儿撤出花朵内部的时候，我们可以清楚地看到，上面牢牢地黏上了两根硬硬的、叉开的触角，每个角的顶端都带着一个金色的球体。然而不幸的是，与 *Orchis latifolia* 不同的是，在它们身上我们不会看到两根触角逐渐呈同一角度倾斜的情景。那么为什么它们不向下弯曲呢？我们只能再次利用火柴棍来验证，然而当我们将带着"帽子"的火柴棍插进附近的另外一朵花的花心后，我们却发现这种行为完全是多余的，因为这花比 *Orchis maculata* 或 *Orchis latifolia* 的花朵要大很多，其蜜腺的构造非常特殊，当携带着花粉团的小昆虫进入其中的时候，它们只需要到达雌蕊柱头的位置即可完成受粉。

另外还有一点也非常重要，想要成功地观察兰花的受粉过程，其中一个前提条件是必须要找到一朵恰好成熟的花朵。然而，我们不知道花朵什么时候会成熟；但是花朵和小昆虫却知道，因为花朵在成熟之前，是非常吝啬的，它们会将每一滴花蜜都包裹得严严实实的，只有当它们一切准备就绪时，才会敞开大门，放出花蜜的味道，吸引贵客们前来。

第十八章

生活在我们国家气候条件下的所有兰科植物大都采取了以上描述的传花授粉的方式。不过，不同种、不同科类的兰花会在细节上有所变化，其目的都是为了更好地适应其独特的生存环境，使内外更加协调，并且为种族的发展创造更多的可能。举例来说，倒距兰，作为同类中智力水平超群的兰花，它们在花朵的唇瓣——位于下边的花瓣——上面加上了两条小小的脊线，它们的作用就是引导昆虫们更加方便地将鼻子探进花朵内部藏着的花蜜，从而迫使它们完成自己该尽的义务。达尔文曾经恰如其分地将这个天才的小装置比作我们平常使

倒距兰
pyramidal orchid

用的穿针器。除此之外,它们还有一个有趣的改进措施:两个浸泡在液囊里面的长着花粉茎秆的两个小球被替换成了一个黏糊糊的马鞍状的圆盘。如果我们拿一根细针或者硬硬的猪鬃毛沿着昆虫行进的路线插进花朵里面,我们会非常直观地发现这个改进措施的优势,它使整个过程变得更加简化和有效。一旦猪鬃毛在行进过程中碰到液囊,这个盛满液体的袋子就会破裂,而且裂口会非常对称，于是里面浸泡着的马鞍状圆盘就暴露了出来，几乎在同一时刻，暴露出来的圆盘就黏附在了猪鬃毛上面。这时候把猪鬃毛拔出来，如果你的动作足够利落，你就能清楚地观察到马鞍状圆盘的变化过程，它黏附在猪鬃或细针上面之后，其两侧翘起的马鞍部分会逐渐向内卷曲，以便更加牢固的缠绕在黏附物上面。这个变化的目的首先是要加强马鞍状圆盘的黏附性，第二并且更加重要的是，确保花粉茎秆能够顺利分开。当马鞍状的圆盘完全包裹住了猪鬃毛之后，因为收缩的作用，其身上携带的两根茎秆被迫分离开来，顺势植入了不同的位置，这个时候花粉茎秆开始了第二步行动，它们向猪鬃毛的尖端弯折，这一点与我们之前研究过的兰科植物一模一样。这两个步骤加在一起大概要花三十至三十四秒的时间来完成。

第十九章

人类社会的各项发明不正是通过种种微不足道的改进，持续不断的拆检，以及永不停歇的润饰才能保持永恒的活力与进步吗？不正是通过对打火、汽化、离合以及变速齿轮等装置各种微不足道的并持续不断的改进，才建立了我们这个时代最先进的机械工业吗？似乎花卉植物像人类一样明白这个道理。所有植物都有着相同的经历，它们从相同的黑暗中仰望着阳光，无法移动是它们所面临的共同障碍，它们又无时无刻不在承受着相同的来自这个世界的恶意，面对着相同的对未来命运的不确定性。所有植物遵循着相同的自然规律，拥有相同的梦想，历尽长年累月的辛苦赢得了相同的胜利。它们看上去与我们人类一样，都具备坚持不懈、不屈不挠的品质，与此同时，它们也懂得趋利避害的道理，在智力水平上也是参差不齐的，最重要的是，它们拥有与人类几乎一样的期望和理想。大自然对待众生一视同仁，毫不偏心，都是同样的冷漠，它们只能奋力拼搏，将大自然的力量转化成自己的助力。它们的创造力和想象力丝毫不逊于人类，为了实现自己的目标，它们采取的方法同样审慎和细微，其过程同样

圆盘飘唇兰
Felt-capped Catasetum

艰辛曲折，成功的概率也同样的渺茫，同时，它们也有可能在某些时候经历与人类社会相同的跨越式发展，使前一刻还十分朦胧的发现突然之间就变成板上钉钉的实际成果。这样勇于创新，不屈不挠的品质在飘唇兰亚族，这个美洲兰花家族中表现得最为淋漓尽致，它们卓尔不群，品类繁多，大概是出于突如其来的灵感，它们决定大胆地改变自己许多遗传自远古的习性。首先，它们完成了雌雄分株，每一株花都单独拥有雌性花或者雄性花。其次，花粉块，或者叫花粉团和花粉束，无论怎么称呼，它们不再像其他家族成员的一样，将自己的杆子浸泡在盛满黏糊糊树脂的液囊里，守株待兔似的消极等待着小昆虫的到访，只有在足够幸运的情况下，才能黏附在昆虫的头上。飘唇兰亚族自己发明了一套新的装置：花粉连带一根弹力超强的弹簧一起，被弯折储存在一个小囊里。整个花冠里并没有设计什么东西会特别的吸引昆虫朝小囊的方向走过来（例如花蜜）。不过飘唇兰亚族和其他大多数兰科植物也不屑于将传宗接代这样的大事寄希望于这些不靠谱的到访者身上，要知道，虽然它们为了引导到访的昆虫制定了详尽的计划和路线,然而,这种预期终究是有许多制约条件的。这一次,小昆虫要进入的花朵不仅仅是遗传了祖先令人惊叹的、高超的机械装置,它们甚至发展出了一套更为敏感的、对外界刺激能够做出自主反应的本事。红棕色丝绸般光滑的花瓣像一座房子外部的庭院一样延伸出来,当小昆虫刚刚降落在上面的时候,它会不可避免的触碰到上面的神经感知器,因此整座房子里面遍布的警报装置就会全部被拉响。刹那间,包含有花粉的小囊就会被撕裂成碎片,里面的花粉团会分成两束。由于花粉团平时是黏附在它们弯折的茎秆上的,而茎秆则连接在一个大大的黏糊糊的圆盘上面,包裹着它们的小囊突然之间裂开,弯折的茎秆就会像弹簧一样绷直,与之相连的两个花粉束和黏糊糊的圆盘就会被弹射出去。由于其独特的弹道轨迹设计,圆盘往往是第一个被弹射出去的,它击中小昆虫后就黏附在它的身上。而被这突如其来的一击打蒙了的小昆虫此时此刻脑子里只剩下了一个念头:赶快离开这个鬼地方,这朵花太暴力了,有多快跑多快!赶紧去旁边那朵花里躲躲吧!而这正中了这种美洲兰花的下怀。

第二十章

接下来我想为大家介绍另外一个发源于异域的杓兰亚科兰科植物,它们采用了一套同样奇异并且有效的简化装置。如果我们把它置于人类科技发展的时间轴里进行对比,我们就会发现一个很有趣的现象。某一天,一个在机器房工作的装配工或者在实验室工作的学生向他的主管或指导老师问了一个问题:

假设我们按照完全相反的步骤来做这件事情会怎么样呢?假设我们按照完全相反的顺序来做这件事情会怎么样呢?假设我们在搅拌液体的时候按照完全相反的顺序添加物质又会发生什么呢?

于是他们就按照所想的重新做起了实验,然后,突然之间,在一切未知的

无茎杓兰
moccasin flower

情况下发生了意想不到的事情。

我们可以想象一下,以上的谈话内容也曾经发生在杓兰亚科之间。杓兰属植物,我们大家对它都很熟悉,它的花朵下部花瓣外形特别像一只巨大的靴子,给人一种莫名的怪异、邪恶的感觉,在我们温室里培育的鲜花中间,它属于最与众不同的品种,可以这么说,杓兰属植物长着典型的兰科植物的外形。不过它却勇敢地抛弃了大多数兰科植物仍旧采用的复杂而又精细的装备:带弹性的花粉团、分成两根的花粉束茎秆、黏糊糊的圆盘、黏度随机调节的树胶以及其他本书没有提到却必须的东西。它利用靴形的花瓣和一个逐渐演化成盾形的并且已经失去受精能力的花粉囊把守住花朵的大门,迫使来访的小昆虫只能从两个小小的花粉堆上面探进头去。不过,这并不是我想要说明的重点,为了传宗接代,迄今为止我们观察到的所有其他兰科植物的雌性性器官——雌蕊柱头——上面都布满了黏液,而杓兰属最出人意料之处就在于,它们的做法正好相反,保持表面黏性的不是雌蕊柱头而是花粉本身,因此,与其他植物的花粉颗粒通常呈粉状不同,它的花粉外面包裹着一层黏性超强的液体,可以很容易被抻长,抽成一条条的细丝。这种创新措施究竟有什么样的优势和缺点呢?一方面,令人担忧的就是黏附在昆虫身上被带走的花粉也许会黏在除雌蕊柱头外的任何地方;而从另一方面来看,这样做的结果可以令雌蕊柱头省去分泌黏液的必要,而通常情况下,这些黏液会使外来的花粉失去活性。无论如何,这种现象值得我们单独拿出来研究。同样的,它还有许多与众不同之处,我们一时半会儿也并不十分清楚其具体的用处。

第二十一章

作为对这个庞大的、神奇的兰科花卉家族的总结,我们十分有必要多啰嗦几句来介绍它们身上的一个辅助生殖器官,这是它们保证整套生殖体系正常运转不可或缺的东西:我指的就是蜜腺,与其他主要生殖器官相比,它体现出来的智慧和持续更新优化等特质一点儿都不逊色,因此,为了研究兰科植物所表现出来的天才智慧,我们也必须将蜜腺作为实验对象之一加以研究。

我们用肉眼可以很容易看清楚蜜腺的外形,一般而言,它就像一根长长的、尖尖的空心管子,其开口正好位于花朵的底部,与花序梗为邻,除了辅助授粉受精之外,它们还或多或少的起到平衡整个花冠的作用。顾名思义,蜜腺里面会分泌香甜的液体,我们称之为花蜜,蝴蝶、甲虫和其他小昆虫以此为食,蜜蜂更是会将之转化成人类也能食用的蜂蜜。因此,它们的主要作用就是将这些不可或缺的访客们邀请到自己的花冠里做客。为了营造宾至如归的氛围,它们仔细研究了客人们的体形、习性和口味偏好,并且以此为目标努力调整自己。

杓兰
yellow lady's slipper

　　具体来说，它们的设计思路都差不多，目的就是让小昆虫们在完成这朵花预先规定好的动作之前，不能轻易地将头部钻进蜜腺中再撤出来。

　　说到这里，我们已然对兰科植物梦幻般的特性和想象力有了足够了解，它们的预见能力与其他方面一样强大，甚至比其他方面更强。它们预见到了，更加柔软灵活的器官会使它们更加适应环境，它们的创造力、实用主义精神、善于观察和摸索的能力给了它们自由发挥的空间。举例来说，一般来讲兰花蕊喙里的黏液成分十分特殊，一经释放出来就可以迅速变硬变黏，将成束的花粉黏到昆虫的头上，然而一种学名叫 Sarcanthus teretifolius[①]的兰

---

① 现学名为 Cleisostoma simondii，即毛柱隔距兰。

科植物，却不能调配出合格的黏液，虽然它们的化学成绩不及格，但是它们懂得另辟蹊径，将其花冠内部通往花蜜腺的通道设计得更加狭窄，迫使昆虫将头滞留在里面更长的时间，这段时间足够黏液硬化到足够的黏度。实际上，这种兰科植物的内部结构复杂如迷宫一般，以至于达尔文的绘图画家——鲍尔[①]都承认自己无法将之绘制出来。

① 应为弗朗兹·鲍尔（Franz Bauer，1758—1840），奥地利植物画家，在他的家族中也有多位画家。他为许多植物构造与花朵绘制了精细的插图，且其中包括一些显微镜下的图像。

还有一些兰科植物遵循了"简单即完美"的原则，大刀阔斧地取消了蜜腺这个构造，取而代之的是一种怪异的、肉质多汁的瘤状物，供来访的昆虫啃食。接下来会发生什么大概就不用我多说了吧，这些诱人多汁的瘤状物肯定会被放置在一个特殊的位置，如果来访的小昆虫想要好好大吃一顿，它们势必要触动整朵花的花粉传动装置的开关。

第二十二章

兰科植物里类似的小诡计数不胜数，出于篇幅的限制，我们无法将成千上万的独特创新一一罗列出来，在这里就让我们最后举一个吊桶兰的例子。这种植物的结构令人瞠目结舌，我们甚至怀疑是否该把它归于植物的种类。它下部的花瓣，即唇瓣，形成了一个巨大的"水桶"，里面盛着的液体成分几乎与纯水一致，正好位于"水桶"上方的两个角状管子分泌出这些液体并滴落到下方的水桶里储存起来，水桶侧面有一个像喷嘴或排水沟一样的开口，当水桶里的液体积攒到半桶深的时候，多余的液体就会从侧面的开口流出去。就这整套水力机械设置本身来讲已经非常精密，令人赞叹不已，然而我的重点并不是要赞叹其构造巧夺天工的精细，而是其背后隐藏的意图，仔细想一想着实让人不寒而栗。由两个角状管子里分泌出

吊桶兰
bucket orchid

来,然后滴落到"水桶"里的液体并不是花蜜,其目的也绝对不是为了吸引昆虫,这种怪异的植物就像一位马基雅维利似的阴谋政治家,躲在黑暗的角落里酝酿着阴谋诡计。我在前一章节里提到过的肉质多汁的瘤状物,也长在吊桶兰的花冠里。瘤状物散发着香甜的气味,天真的小昆虫受其吸引,一步步地走向陷阱。这些瘤状物生长在"水桶"上方的一个小室中,它的侧面有开口可供进入。而且吊桶兰的花朵长得十分巨大,因此受它们引诱而来的通常是体重最大的膜翅目昆虫,似乎,体型太小的昆虫都不好意思踏足于这个庞大而豪华的"宴会厅"。大蜜蜂进入花冠之后就开始大快朵颐,如果它是单独前来赴宴的话,那么等它吃饱之后就会静悄悄地飞走,不管是"水桶",还是雌蕊柱头和花粉,它连边儿都不会碰到,那么吊桶兰所期待的一切就不可能发生。但是这种智力超群的兰花怎么会让自己的筹谋都落空呢?它们仔细观察了自己周边的环境和动物的活动轨迹。它们知道蜜蜂是一种群居、贪婪、勤劳的动物,在天气晴朗的日子里,成千上万的蜜蜂会结队而出,于是,只要一朵盛开的花冠里散发出些许香气,就会像魔咒一般蛊惑成群结队的蜜蜂闯进花房里去享用盛宴。因此,我们总是发现有两到三只"劫掠者"一起挤进盛满蜜糖的"宴会厅",尽管吊桶兰花相比其他兰科植物来说已经非常巨大了,但是一下子进去这么多客人也会显得非常狭小,"宴会厅"的墙壁十分滑腻,进来的客人们又都没有什么教养。它们挤成一团,互相推搡,不可避免的结果就是其中一位客人被挤出"宴会厅",正好落进了那个早已敞开大口、静候在"宴会厅"下面的"水桶"里。宴无好宴,会无好会,天下怎么会有白吃的午餐?贪吃的蜜蜂失足落入了陷阱,很快它就会浸泡在"水桶"的液体里,它强健有力的透明翅膀立刻就被浸湿了,不管它使出多大的力气,也不可能再飞起来了。吊桶兰隐忍而诡计多端,蛰伏静候许久,终于等到了它们想要的结果。只有一个出口能让落入陷阱的大蜜蜂逃离这个充满魔力的"水桶"——充当"废水排泄管"的那个喷嘴,我们之前提到过,当"水桶"里的液体过多的时候,多余的液体就会通过这个喷嘴流出去。这个喷嘴的大小刚刚能够容纳一只大蜜蜂通过,喷嘴开口的拱形穹顶上面长着柱头和花粉团,铺垫了这么多,原来重点就在这里!蜜蜂钻出喷嘴的时候,它的背部首先会碰到黏糊糊的柱头,接着碰到黏糊糊的花粉团。就这样,它背着黏附性超强的花粉逃离了这一朵花,然而,蜜蜂绝不是能够接受教训的动物,刚刚恢复自由,只要再次闻到香甜的气味,它就完全忘掉了刚才的遭遇,再次进入临近的另一朵花,于是享受大餐、拥挤、跌落、浸湿和逃脱这一系列场景重新依次上演,就这样,在它的帮助下,来自异花的花粉终于与吊桶兰的贪婪柱头结合了。

  以上我们介绍了一种将昆虫玩弄于股掌之间的花卉。它们调动全身不同器官各司其职,协调合作,通过一系列的步骤完成传宗接代的伟大工程,我们能将这一切简单的归因于"浪漫的巧合"以及其他类似的解释吗?不能!

本着科学的精神，经过严谨的科学观察和实验，证据俨然，我们必须接受这些步骤和筹划都不是巧合，所有的器官缺一不可，所有的步骤环环相扣。事实证明，这个匪夷所思的诡计十分有效，然而，更加令人惊诧的一点是，吊桶兰并没有像我们想象的那样，满足直接而迫切的口腹之欲，把掉入陷阱的昆虫直接吃掉，反而始终将其更加长远的愿景——整个种族繁衍生存大计——作为最终的目标。

不过，读者们可能又要疑惑了，既然目标这么明确，为什么非得把生殖系统和授粉流程设计得这么迂回复杂呢，要知道，增加中间环节还是要冒很大的风险的？针对这个问题，我们还是不要仓促地给出判断和回答了，因为我们对这种植物知之甚少。谁知道它们在进化的过程中是否遇到了什么难题和障碍，迫使它们无法利用更有逻辑、更简练直接的方式进行传花授粉呢？它们生存和生长遵循着自然界不可胜数的法则，谁又能宣称彻底掌握了哪怕其中一条法则的奥秘呢？当我们人类拼尽全力想要征服天空的时候，说不定宇宙中另外一种更为高级的生命或存在，远远的、高高在上的，从火星或金星那里望向地球，问出了与我们刚才类似的问题：

> 明明可以效仿鸟类自由的飞翔，在手臂上装一套灵活的翅膀多简单啊，为什么非要搞出来这么多丑得像妖怪一样的机器？热气球、飞艇、降落伞什么的？

第二十三章

面对这么多植物拥有智慧的证据，人类骨子里些许幼稚可笑的酸葡萄心理可能又会跳出来提出反对意见："对，我们承认它们创造了奇迹，但是那些奇迹在本质上都是一样的，没有什么新意。"然而事实却恰好相反，每一个物种及其分支都拥有独特的体系，并且在一代又一代的繁衍过程中，发生着缓慢而不易觉察的进步。如果需要用更为具体的数据来支持这个论点的话，我们只能说，在过去的五十年里，我们并没有发现吊桶兰或飘唇兰亚族改进或完善过它们的陷阱，那是因为我们对这种植物的研究仅仅开展了五十多年，而这些研究是远远不够的。如果我们能将它们培植在完全陌生的环境中，周边生活着其完全不熟悉的昆虫种类，如果我们能持之以恒的将最基础的观测实验坚持做一百年，那么这些令人惊异的诱使昆虫洗澡的兰科植物会给我们带来什么样的惊喜呢？除此之外，我们对物种及其分支的命名也使我们受到了误导；我们因此而创造出了许多虚构出来的分型，表面上看是板上钉钉的新品种，实际上或许仅是完全相同的一种植物的几种不同代表性个体而已，并且，随着外界环境的缓慢变化，它们也将持续不断地对各部分器官进行修整。

　　植物在地球上出现的时间比昆虫要早，因此，当昆虫刚刚开始出现的时候，面对这些意料之外的潜在合作者，植物需要对自己的整个机械体系做出许多调整和改变，以便能够适应昆虫的生活习性。时光荏苒，山河巨变，我们这些晚来者对这一切都知之甚少，尽管如此，我们目前掌握的确凿证据就可以基本确定植物进化的轨迹了，毕竟，"进化"这个词本身就比较模糊，其含义不正包含有适应、修改、进步和智力提升的意思吗？

　　另外，人类拥有适应环境的能力和智力提升的能力毋庸置疑，其实，想要证明其他物种也拥有类似的能力，也不是很麻烦的事情，不一定非得回顾史前事件去搜集大量的证据。在我的另外一本书《蜜蜂的生活》（*The Life of the Bee*）里的几个章节对此有专门论述，在这里我不复赘言，仅就事论事的从中挑拣两三个细节作为论据。例如，蜜蜂创造出了蜂巢。在它们的原产地，生活在野外原始自然环境下的蜜蜂直接在开阔处建造蜂巢。然而，当它们移居到我们北方来以后，正是这里变幻多端、严酷恶劣的气候条件迫使它们想出了寻找掩体来建造蜂巢的新办法，于是我们会发现中空的树干和岩洞都是它们优先的选择。除此之外，蜜蜂在适应外界环境方面还表现出了许多无与伦比的天才智慧，譬如，蜂巢在遭到洗劫之后它们的应对之策，还有，为了保护蜂巢内的卵，成千上万的蜜蜂会围绕在蜂巢周围来保持其必需的温度。蜜蜂的这些行为并不罕见，尤其是在我国南方，在某些异常温和的夏季，由于气候的变化，人们会发现蜜蜂又回归了它们祖先的生活方式，直接在露天筑巢了。①

关于蜜蜂还有另外一个事实：将我国的蜜蜂品种——欧洲黑蜂——运到澳大利亚或者美国的加利福尼亚，那么它们的生活习性就会彻底发生改变。它们很快就会发现新世界四季如夏，无论什么时候到处遍布着盛开的鲜花，在这样的环境中生活一两年时间，它们对新环境的细心观察就会战胜它们的遗传经验，它们不再为度过寒冷的冬天而储备食物，于是每天它们只会收集足够一天消耗的蜂蜜和花粉。在我们的想象里，蜜蜂是一种非常脆弱的小生物，对环境变化的反应是缓慢而不敏感的，一旦环境发生剧烈变化，对它们来说就是致命的，然而比希纳②曾经用类似的事实证明了蜜蜂对环境变化的反应是非常直接和机智的。他提到，在巴巴多斯（Barbadoes）的炼糖厂里住着几巢蜜蜂，当它们发现这里长年累月都会有取之不尽的蜜糖可供食用的时候，它们就完全放弃了到处寻找花朵采蜜的传统习性。

两位博学多识的英国昆虫学家科尔比和斯彭斯先生③做过一个关于蜜蜂的有趣实验，最后，就让我们一起来回顾一下吧。

他们说："能否给我们展示一个实际的案例，能够证明蜜蜂会

---

① 当布维尔先生（M. E. L. Bouvier）在科学院（参见1906年5月7日的报告）就巴黎露天观察到的两个蜂巢做学术交流的时候（其中一个蜂巢筑在槐树上，另一个建造在一棵七叶树上），我刚刚写完以上这些文字。两相比较，建在七叶树上的蜂巢更为引人注目一些，它悬挂在一根小树枝上，配有两个几乎连接在一起的蜂房，很明显，它聪明地适应了周边十分苛刻且不友好的环境：

"这些蜜蜂，"德·帕尔维尔先生（M. de Parville）在1906年5月3日刊登在《辩论》杂志（Journal des débats）的科学专栏摘要中说道，"首先为自己的堡垒建造了坚实可靠的支柱，并采用了非常卓越的保护手段，最后把一根七叶树分叉的树枝改装成坚固的天花板。即便一个聪明绝顶的人类也肯定不会做得那么好。

"为了保护自己免受雨淋，蜜蜂们为蜂巢安装了栅栏，增厚了墙面，添加了百叶窗，既遮风避雨，还能避免阳光暴晒。这两个蜂巢已经被人们转移到了博物馆，如果不是亲眼观察到它们内部的结构，人们永远不可能想象到蜜蜂在建筑上能达到如此完美的程度。"——原注。

② 爱德华·比希纳（Eduard Buchner, 1860—1917），德国化学家，1907年获诺贝尔化学奖。

③ 威廉·科尔比（William Kirby, 1759-1850），被认为是昆虫学之父，他与威廉·斯彭斯（William Spence, 1783—1860）在1815至1826年间出版了四卷的《昆虫学入门》（Introduction to Entomology），并在1833年成立伦敦昆虫学会。

迫于环境的变化，不得不用黏土和灰浆来替代蜂蜡和蜂胶；如果能找出这样的实例佐证，我们就承认它们推理的能力。"

作为科学家，他们几乎从来没有发出过这样有点武断的判断，不管怎么样，另外一位博物学家，安德鲁·奈特（Andrew Knight）前来应战，他在树林里某些树的树干上涂上一种特殊的泥浆，这种泥浆是由蜡和松节油制成的，然后他通过观察发现，生活在这里的蜜蜂很快就发现在住处附近有取之不尽用之不竭的一种神秘物质可以替代蜂胶，而且更妙的是这种物质不需要花费力气就可以轻松获得，于是它们完全放弃了自己去收集材料制作蜂胶的原始本能，直接将树干上的这种物质作为它们制作蜂胶的唯一来源。此外，从事养蜂业的人都知道，当因为某些原因花粉变得十分稀少的时候，养蜂人只要撒上几把面粉，蜜蜂们很快就能明白这种粉末与花粉可以起到一样的作用，尽管两种粉末的味道、气味和颜色一点儿都不一样。

我想，刚才我们说了那么多关于蜜蜂的实验结果，如果做一些必要的修改，也完全可以用在植物身上。在之前的篇幅里我们曾经详细讨论过鼠尾草属植物，虽然我们所做的观察和实验并不十分成熟，但是它们精彩纷呈的进化历程的确值得我们更为系统化的观察和研究。除此之外，我们还可以轻易地举出许许多多的其他例子来证明植物适应环境的能力。在这里，我要提一提巴比涅（Babinet）以谷类为对象做的一个有趣的实验。他的结论是：当某些植物被从原来熟悉的气候环境中运输到完全陌生的环境中去的时候，它们也会深入地观察新环境，并且努力使自己适应这个新环境，就像之前提到的蜜蜂一样。例如，生长在我们国家的玉米品种是一年生植物，每年冬天严寒到来的时候它们的生命就到了尽头，然而一旦它们被移植到亚洲、非洲或美洲气候最为炎热的地区，那里常年没有严寒的冬季，这样它们就会变成多年生植物，其实被人类广泛培育之前，自然生长的玉米本来就是一种多年生的植物。回到热带生长的玉米全年都会保持绿色，通过根系进行繁殖，不再长出玉米棒子和谷物。我们从相反的方向类推可以得知，当玉米从它们全年温暖的热带原产地移植到我们有着冰天雪地冬季的北方地区的时候，它们肯定也曾经对种群的习性进行过调整，并且发明了一种新的繁殖方式，以便适应新的环境。巴比涅对此进行了详尽的论证：

> 出于某种无法解释的奇迹，作为有机体的这种植物似乎预见到了只有通过转变繁殖方式，结出谷物果实，才能避免在严酷的寒冷季节里彻底死绝。

第二十四章

无论如何，为了消除我们前文提到过的质疑声[①]，我们绕了这么大一个圈子来进行说明，我们旁征博引，足以证明除了人类之外还有别的物种拥有智力进化的能力。然而，除去在反驳那些虚荣自负、陈腐过时言论之时获得的淋漓尽致的畅快感之外，人类在花卉、昆虫或者鸟类的智慧这个问题上的关注程度归根结底还是太低了！假设我们在讨论到兰科植物和蜜蜂等类似话题的时候提出，是大自然，而并非某一株植物或者飞虫个体的力量，做出了所有这些计算、整合、修改和创新，并且在这个过程中还在认真思考一个问题：这个独特的、与众不同的做法能够给我们的种群带来什么益处？针对这种说法，肯定会有更深刻的问题被提出来，这个问题也会吸引我们付出更为热切的注意力，相衬之下，我们在这里提出来的种种细节就会显得更加微不足道。所以，现在我们能做的就是抓住重点，即自然界生物所表现出来的普遍智慧的特色、质量、习性，某些时候甚至是目标，因为在这个星球上的所有生物的智慧行为全部都是从这份智慧里延伸出来的。正是本着这个原则，我们针对像蚂蚁和

[①] 见第二十三章开头。

蜜蜂等生物的研究成了我们手头所有工作中最令人感到好奇的一个，因为除了人类之外，它们智慧发展的过程及理想程度是最能清晰表现出来的。我们之前给出的所有证据都明确表明，兰科植物至少具有与群居性膜翅目昆虫同等复杂和高级的智慧发展过程，以及令人叹为观止的智能化方法。最后，我们还要再强调一点，种族的特性差异使得我们针对昆虫和植物的研究效率不尽相同，对那些时刻处于躁动不安状态下的昆虫，我们迄今仍然难以解释它们许多行为的动机和逻辑，然而，我们却能够轻松地观察到花朵里面所有构造与结构存在的目的及其巧妙的功能，毕竟花朵就生长在那里，不会移动，并且永远保持着静默。

欧洲山毛榉
European beech

第二十五章

　　那么，通过我们的观察，我们发现在兰花家族中有哪些普遍的智慧或者通用智能（名称并不重要）在起作用呢？答案是很多。另外，说到这里我还要顺便提一句，因为这个话题如果展开研究的话会占据相当大的篇幅，首先，我们能够确定的是，兰花对于美和愉悦的理解，它提升自身吸引力所采取的方法，以及它的审美情趣都与我们人类非常的接近。不过，如果我们把这句话倒过来说的话毫无疑问会更加准确，即我们人类恰好与兰花家族趣味相投。实际上，很难确定我们人类是否真正地创造过自己的审美标准。我们人类所有的建筑美学、音乐美学，包括对颜色和光线的调和都是通过直接模仿自然界才得到的。其实先不提汪洋大海、崇山峻岭、蔚蓝天空、绚烂夜空，还有黄昏薄暮的壮美，我们就挑一个不经常会想到的例子——树木，就能引起人们对于秀美的联想。如果我们把一棵树放在树林里，这个场景就非常直观地体现了自然的力量，也可能是我们人类最直观、最主要的理解宇宙万物的源泉，但是我在这里说的并不是树林里的树木，而是独立的一棵树，它绿油油的枝叶承载着一千个春秋。我们每个人，在一生中总会不经意间留下许多触动心灵的美好、体会与感悟，所有这些空灵隽秀和隐藏在内心的幸福与平静，其中怎么会没有关于一两棵漂亮的树的美好回忆呢？人到中年，逐渐度过了人生中最为困惑的阶段，看尽了世间的美景，习惯了代表着人类智慧顶峰的科技成果和人文艺术，历尽了岁月的繁华，年轻时一山还望一山高，过了中年却厌倦了各种争强好胜和挣扎沉浮，转而回归最质朴的记忆。在他们最为纯净的心灵深处总会珍藏着两到三样纯洁的、永恒不变的美好形象，会使沉沦的人重新振奋，他们也期望有一天这些美好回忆能够陪伴自己一起进入到永恒地睡眠中去。对我来说，在我的想象里，我以后要去的天堂或者死后的世界里一定要有一棵漂亮的大树，就在尘世间我家附近幽静的小树林里生长的高大挺拔的毛山榉树、柏树、意大利松中随便选择一棵就行，不然的话，不论那个地方有多么金碧辉煌，都不是我想要的，因

意大利松
Italian stone pine

为这些大树不仅外形挺拔漂亮，它们身上更是体现了植物的坚韧、坚持和坚强，为了生存默默无闻地在黑暗中积聚力量，终有一天突破了重力的束缚破土而出，从此直向天空。

第二十六章

不过，刚才我好像又有点儿扯远了，回归正题，刚才篇幅中虽然都是用植物花草举例，但其实我真正想表达的是：如果大自然愿意，她完全可以把自己拾掇得美丽光彩，使自己赏心悦目、心情舒爽，即便我们人类拥有她的所有资源和威力，我们能够做到的极致也不过如此。我知道自己这样说会引发异议，听上去有点像一位天主教的主教大人在得知上帝通常都将大江大河安排在大城市周边的时候感到无比震惊一样。但是除了从我们人类自身的角度出发，我们又很难从别的角度来看待这个问题。即便我们从唯一的角度来考量这个问题，我们也会发现，如果我们的世界中没有这么多美丽的花卉，我们很难找到更好地表达快乐与欢喜的标志和手段。为了更好地评价植物们表达欢喜与美丽的能力，人们应该到植被茂盛的地方去，就像法国的普罗旺斯地区，西亚尼河与卢普交界的地方，写下这几行字的时刻，我就身处此处。说实话，在这个地方，花草树木才是小山和山谷的真正主宰。在这里，农民们已经改变了以往种植玉米的习惯，似乎他们也像这片土地一样超凡脱俗，只为那些不食人间烟火，只

孔雀银莲花
broad-leaved anemone

晚香玉
tuberose

需要迷人的香氛和仙肴蜜酒就能够存活的，对生活品质要求更高、更精细的人类来服务。放眼望去，一望无际的田野组成了一束巨大的花束，各种不同的花卉花期错开，此起彼伏，层出不穷，永远都是一幅五彩缤纷，绚烂纷呈的模样，在四季如春的蔚蓝天空下，浓郁的香气一波压过一波，像一支永不停歇的圆舞曲，从年头跳到年尾，一轮又一轮，没有尽头。银莲花、香石竹、含羞草、堇菜、常夏石竹、红口水仙、风信子、丁香水仙、木犀草、素方和晚香玉组成联军，攻占了这里的白天、夜晚、冬季、夏季、春季和秋季。不过，最绚烂耀眼的时刻还是属于五月盛开的玫瑰。在那个时候，漫山遍野，无论是小山丘的斜坡上还是大片平原地区下陷的谷地里，目之所及，玫瑰花汇集成花瓣的溪流，在葡萄架和油橄榄树排列而成的篱笆之间到处流淌，漫过了房屋和树木，这是怎样的一条溪流啊，所有被我们赋予年轻、健康和欢乐的颜色都在其中！尤其是那温馨清新的香气，第一秒钟就沁人心脾，令人心生向往。站在花田边上望过去，

红口水仙
poet's narcissus

花海铺就的一眼望不到头的道路一直延伸到了天上。人们会认为，这条路会直接通往至真至善至美之源。这里所有的大路和小径两侧都由花朵堆砌而成，用的正是建造伊甸园的材料！对每个前来拜访的人来说，都是平生首次切切实实的用双眼看到幸福的模样。

第二十七章

我们深陷在人生这个横跨了现实世界和灵性世界的幻觉里无法自拔，让我们还是从人类的角度出发，让我们在初次发表评论的时候眼光放得更加广阔一些，少一点哗众取宠的极端，或许就能达成更为深刻的结论——与我们人类一起生活在地球上的所有智慧生命，在这场事关生死的斗争中，同样做了我们能做的一切。它们采用了与我们一样的方法、一样的逻辑。通过与我们相同的方式达到自己的目的；它们也曾在茫茫世界中迈出无畏的探索的脚步，面对众多选择它们也曾犹豫不决，它们也会时不时修正自己；在某些方面加强一些，在另一些方面削弱一点，它们认识并改正了自己犯下的错误，如果我们人类处于它们的位置，我们并不会比它们做得更好。它们付出了巨大的努力，秉承着与人类社会中工程师和工匠们相同的追求完美与卓越的精神，它们突破重重困境，一步一个脚印地完成种族的创新与突破。它们在本质上与我们一样，击败了沉重、巨大、晦涩的外在形骸的束缚。同样的，对于未来，它们像我们一样无知；它们在实践中逐渐探索，发现自己要走的路。它们的理想时常令人迷惑，然而不知为什么，我们却能够从中辨识出只有从伟大的诗句中才能体会到的热情如火、纷繁复杂、强劲有力、圣洁灵性的存在形式。从物质上来说，它们抛弃了无限的资源，它们深谙那种奇异力量的秘密，而我们却对此一无所知；然而，理智地讲，它们看上去确实占领了我们的生存空间：我们迄今为止无法证明这一点，它们已经突破了自身的局限；如果它们对超越那个界限并没有采取任何行动，这岂不是意味着外面什么都没有吗？这岂不是意味着人类心智能够想出的方法并不是唯一可行的吗？人类也会犯错，他们与其他地球上的过客一样，既不是例外也不是怪物，但是人类社会的发展却最强烈最集中地体现了宇宙伟大的意志力和渴望。

第二十八章

人类意识标准的形成十分缓慢，也十分勉强。或许柏拉图著名的隐喻已经不足以解释这一切了——我指的就是柏拉图的洞穴寓言[1]——有

---

[1] 柏拉图在其理想国对话集第七卷的开篇，让苏格拉底（文学化身）叙述了这个比喻。该寓言旨在阐明哲学教育的目的，是实现从物质世界，到纯粹的精神世界的升华。前者是感官能认知的、可逝的物质世界，可以比作地下的洞穴，而后者则是不变的本体（存在）世界。洞穴寓言是柏拉图哲学的基础篇章，阐明了柏拉图的存在论和认识论的中心思想。

一个洞穴，自始至终被绑缚在里面的人只能看着洞穴上面高高的墙壁上投射的不知名的其他人或物体的影像。但是，如果我们试图将之替换成一个新的、更加准确的形象，得到的结果同样令人绝望。假设柏拉图描述的洞穴无限大，且从来没有光线投射入内。然而除了光和火之外，里面拥有我们人类文明发展所能提供的一切物质和便利，人们从出生起就被囚禁在里面，那么他们就不会因为没有见到过光而感到遗憾；尽管他们的眼睛并没有瞎掉，也没有退化，然而，因为在洞穴里没有东西可以看，眼睛很可能会改变功能以适应环境，由视觉器官演变成最灵敏的触觉器官。

为了能从他们的行动中辨识出我们自身的问题，让我们先更加形象地描绘一下这些可怜人在黑暗中的生活场景吧，在伸手不见五指的黑暗中，周边围绕着许许多多无法辨识出来的物体。在这种情况下会产生多么离奇的错误，多么难以置信的偏差，多么令人震惊的误解啊！不过，他们在一片黑暗中为周边的各种物体开发出这么多原本并不存在的奇特用法，这又显得多么可贵和机智，颇令人唏嘘万千。他们在黑暗中摸索猜测，有多大概率能够猜中物体的正确用法呢？在黑暗的不确定中，他们只能尽自己所能，最大限度的利用周边的物体，但是如果突然之间，黑暗被光明所驱赶，所有一切暴露在日光之下，终于发现了周围物品和家具的真实样子和用法，他们又该是怎样的不知所措？

然而与我们所面临的困惑相比，他们的看上去是那么简单，根本不值一提。令他们举步维艰的困局其实是很有限的。他们被剥夺的只有视力这一种感觉能力，然而现实中的我们缺失的感觉能力却不知道有多少。同样的，导致他们犯错的原因只有一个，而对我们来说却不计其数。

从象征意义上讲，我们其实也生活在一个类似的山洞里，把我们放置在这个地方的力量经常性的或者只在某些重要时刻与我们自己的行为方式是一模一样的，这一点难道不是很有意思吗？因此，在我们生活的那个黑暗洞穴里时不时也会突然显现明亮的光线，这样做的目的就是让我们检查一卜我们之前对周边所有物品的盲目使用是否正确；而对我们来说，有时候这些启智的光亮是由昆虫和花朵带来的。

第二十九章

  长久以来，我们都愚蠢地认为人类的存在是生命的奇迹，是无与伦比、不可复制的，我们觉得自己很有可能由另外一个世界跌落凡间，因此我们与这个世界上其他所有生物都缺乏确实的联系，我们被赋予了其他生物难以企及的巨大能力，并且为此深以为豪。然而，事实上，我倒宁肯人类的起源不要像个奇迹，因为我们知道，通常用不了多久，奇迹就会被淹没在漫长的自然进化历程中。尽管如此，让人颇感欣慰的是，我们逐渐与外部的大世界殊途同归，心灵相合，获得了相同的理念，相同的希望，相同的试练，（如果公正和怜悯的感情并不是我们人类所独有的话）和相同的感情。为了充分发挥我们先天占有的优势，尽可能充分地利用力量、机遇和物质法则，我们使出了浑身解数，而当大自然遇到不驯服的对象和无知无觉的领域的时候，它采用的方法与我们的完全相似。当我们意识到除此之外根本不存在其他方法时，我们其实早已触及了真相，尽管我们生活于其中的这个由未知物质构成的宇宙令人费解和满怀敌意，然而这项特性却能出人意料的与我们相匹配，我们因为站对了位置而如鱼得水，这样的认知更容易令我们内心恢复平静与安宁。

  如果大自然能够知晓一切，如果大自然能够永不犯错，如果在她威力覆盖的所有地方，她都能从一开始就表现得完美无缺、毫无破绽，如果她在所有方面都能展露出我们难以企及的高度智慧，那么我们就有理由敬畏她，在她面前失去斗争的勇气。我们会感到自己被某种外部力量玩弄于指掌之间，我们不但毫无招架之力，甚至都连探察其底细的希望都没有。因此，当我们确信这股神秘的力量至少在智力上与我们十分接近的时候，我们的感觉就会好很多。人类的智力使我们手中掌握的资源与大自然所能动用的不相上下。我们属于同一个世界，我们几乎是平等的。与我们互利合作，共利共生的并不是永远无法企及的神灵，她只是喜欢将自己掩藏起来故作神秘，我们的责任就是努力带给她惊奇，同时引导她的发展。

第三十章

我们假设这个世界上的智慧生物并没有什么高下之分，一种广泛分散在宇宙中的普世智能，像雨水一样从天而降，惠济众生，能够钻进能遇到的所有不同形式的生物体内，而就像生物体介质的性质决定了它们能够吸收多少水分一样，不同生物体能够获得的普世智能也会有高有低，这样的结论现在看来其实并不显得十分突兀。迄今为止，在所有生存在这个地球上的生命形式中，人类拥有着最容易吸收普世智能的体质，而我们人类社会的宗教将这种普世智能称为"天启"。我们的神经系统就像电线一样遍布全身，允许比电子更加精细的普世智能瞬间传遍全身。从某种程度上讲，我们大脑的运转模式像电感应线圈，随着不断地盘绕旋转，普世智能就会像电流一样越来越强，然而，不论怎么增强，都不会改变其本质和来源，也就是说，我们人类身体里的普世智能与穿透石头、日月星辰、花朵和其他动物的普世智能从性质和来源上讲都是一样的。

不过无论如何，迄今为止这个十分复杂的问题仍然是难解之谜，寻根究底不但难以实现，同时也会显得有点儿多余，因为即便我们能够获得答案，我们自己也不具备分析处理这些答案的器官。所以就让我们满足于通过观察外部世界来获得这种普世智能存在的证据吧。不出意外的话，我们所有的内在审视都合理的遭到怀疑，因为我们太急于做出判断和诉求，与此同时，我们又怀着极大地热忱将虚幻的盛世景象和希望遍洒全球。不过，还是让我们回归自然，将全副心思都放在那些最微小的外部世界的标识上吧。或许与高山、大海和日月星辰相比，路边的野花能够告诉我们的东西实在是微不足道，尽管如此，我们也不得不惊叹它们微小的身体里蕴藏着的秘密。与此同时，它们也使我们更加确信：使世间万物获得生命力并且世代传播下去的精神，与赋予我们人类肉体生命力的精神，在本质上是一样的。

　　如果这种精神酷似我们，如果我们因此与之酷似，如果它包含的一切都蕴藏在我们身体内部，如果它使用了我们的方法，拥有了我们的习惯，面临着我们当务之急需要解决的问题，采取了我们的倾向，并且怀着我们永不满足的对更美好东西的向往，那么几乎可以肯定的是，它会像我们本能的、不屈不挠的，期望着像我们所能期望的一切那样去期望！当我们发现生活的苦难会将如此巨大数量的智慧抛洒一地、凌乱不堪的时候，难道我们会因此而下定决心此生此世将与智慧绝缘？换句话说，这一辈子再也不去追求完美、幸福和胜利，与此同时，摈弃邪恶、死亡、黑暗和湮灭吗？所有这一切都可能只是同一样东西的两个表面，或者它们互为倒影，或者它们是清醒与休眠的关系。

Chapter 2
春天的消息

油橄榄
olive

第一章

　　我所熟悉的"春天"会提前相当长时间,竭尽所能地储存阳光、树叶和花朵,待到一切准备就绪,它就像古时候的游牧民族,厉兵秣马前去入侵北方。此时此刻,欧洲的其他地区正在忍受着严寒,在狂风和暴雪的夹击下,春之女神撤离了那里,躲到自己充满了宁静、光亮和爱心的宫殿里,然而,站在四季如春、花香四溢的地中海沿岸,面前是波澜不惊的蔚蓝大海,海水清澈通透得就像一面毫无瑕疵的玻璃,春之女神在撤离的途中路过了这片保持着永恒绿色的田野,就让我们沿着她行走的轨迹来探寻一番吧,这将是一件非常有趣的事情。我能清楚地感受到春之女神的恐惧感。在山那边,"二月"和"三月"这两个家伙每年必定会给她设置一套冰冻陷阱,她很怕自己满怀希望地走过去,却最终发现自己再次掉入了陷阱。于是,她犹豫不决,踌躇不前,磨磨蹭蹭,"冬天"这个伪君子,表面上给她让出了自己的领地,然而她在遭遇无数次欺骗之后,总是需要鼓起足够的勇气才能再次踏上艰苦而残酷的收复失地的征程。她前进的道路会突然停滞,接着又重新出发,她特别喜欢拜访同一个地方,例如,开满鲜花的山谷和绿草如茵的山坡,就像学校放假后,摆脱羁绊的孩子们总喜欢一圈又一圈地围着花园跑过来跑过去。这些地方幸运地躲过了严寒盘旋逡巡的巨翼。在这些地方，她的威力会显得毫无意义，因为没有生物会因为严寒而死去或蛰伏，所以她也没有了要复苏的对象，这些地方一年到头都是夏季，盛开的鲜花沐浴在温暖的蓝天下。然而，她还是不厌其烦地停留在此处不愿意离去，辗转徘徊，进进退退，就像一位无所事事的园艺师。她轻柔地拨开油橄榄树的枝叶，在她温暖气息的抚慰下，树叶被镀上了一层银色；她为嫩绿的草地打磨出丝缎般的光泽；她唤醒了尚未入眠的花朵；她召回了从未离开过的鸟儿；她为昆虫界的劳模——蜜蜂鼓劲儿。终于，像上帝在建造伊甸园的过程中，直到里面所有一切都完美无缺以后才肯休息一样，她最后在露台的边沿逗留了一下，稍事休息。在她的身边，橘子树开满了排列整齐的花朵，枝叶间更是露出了闪亮亮的果实，像王冠一样点缀在露台上，春之女神最后一次将留恋的目光投向自己喜悦的劳作成果，终于下定决心将它们托付给阳光来照料，转身开始了她下一阶段的旅程。

第二章

　　沿着博瑞格（Borigo）河岸我追寻着春之女神前进的踪迹，一连好几天时间，离开了卡雷（Carei）奔流不息的湍流，我一直追到了瓦尔德戈尔比奥（Val de Gorbio），我尾随她路过了一些小巧玲珑的乡间小镇：文蒂米利亚（Ventimiglia）、唐德（Tende）、瑟斯拜罗（Sospello），以及一些坐落在高高的岩石上的，非同寻常的小村庄：圣阿格尼斯（Sant' Agnese）、卡斯特利亚尔（Castellar）、卡斯蒂隆（Castillon），它们分布于意大利门托内（Mentone）附近的美丽而宁静的田野之间。走过里维埃拉的几条街道，处处都有城市化加速的迹象，生活不再宁静安逸，反而显露出丝丝敌意。熙熙攘攘的市中心设立了可供乐队表演的舞台，周边是一系列标志着门托内地区流行风向标的商店，如果你有机会查看一下当地的商品销售榜，肯定能够看到它们的

盔苞芋
friar's cowl

名字。将你的目光从这一切上挪开,耳边仿佛还在回响着永不停歇的小镇民谣,但是请你张大眼睛仔细看一看吧!在离人群两级台阶远的地方,你发现,在周围的喧嚣包围下,仍然有着令人肃然起敬的静谧,它来自于街道两边生长的树木,来自于维吉尔风格的下沉道路,来自于清澈见底的泉水和沉睡在山坡上的池塘,映照着斑驳陆离的树影,就像恭候林中女神前来梳妆的水晶镜子。然而喧嚣与安静之间过于强烈的对比也会让人害怕,人们下意识地躲避着,仿佛寂静中会突然降下天雷,惩戒众生的罪孽。你沿着一条两边都修筑着石头墙的小路爬上山坡,石墙侧面覆盖着一层堇菜,墙顶上长着棕色的盔苞芋,就像戴着一顶奇特的兜帽,这种植物的叶子呈现出很深的绿色,很容易让人联想到幽深冷冽的古井;山谷外沿高低错落,次第张开,恰似一朵巨大的花朵慢慢张开艳丽的花瓣，露出中心湿润的花心。极目远眺，高大的油橄榄树像蓝色的面纱一样笼罩了整个视野，这条面纱不仅是透明的，上面还点缀着如繁星一般闪耀的珍珠，明暗交替，瞬息一变，展现出了一幅秩序井然、和谐融洽的光辉，人们即便在梦中也难以描绘出如此魔幻和不真实的景象，如果一定要用人类的语言表达此时的感受，最接近或者最类似的词句可能是：永恒一刻的喜悦，被施以魔法的仙岛，失落的天堂或者众神居住之地。

第三章

地中海沿岸有上百处这样的山谷，就像阶梯状排列的圆形剧场，伴着清冽的月光，沐浴在清晨的静谧里，或是午后的悠闲岁月中，在山谷中心有一座万众瞩目的舞台，在这里上演了一场场迎合了全世界观众口味的魔幻哑剧。尽管

柠檬
lemon

它们看上去都很相像，但是每一座山谷都给人带来了某种不同寻常的惊喜。就像一群面容相似的姐妹花，虽然她们娇艳美丽的脸上洋溢着相同的快乐，但是她们每个人都有自己标志性的微笑。几棵柏树挺立在那里，展露出它们干净简洁的轮廓；一株纤弱的含羞草不知道为什么让人联想起汩汩冒着气泡的硫磺泉；果园里的橘子树上，累累金黄色果实均匀地分布在暗绿色的树冠上，骄傲地展示着自己丰硕的成果，无愧于大地对它们的养育之恩；夜色似乎全部聚集在了种满柠檬树的山坡的一侧，群星也都凑在一起，屏息等待着破晓的那一刻；新的一天终于到来了，树木掩映下的房屋露出门廊一角，它面朝大海，仿佛睁开了智慧的双眼，窥见了宇宙无限的思想；山间茂林里深藏的涓涓溪流，就像仙女喜极而泣洒下人间的泪水；葡萄的蔓藤爬满了花架，可以想象一下，等上面串串珍珠一样的葡萄变成紫红色，会给人带来怎样的幸福和满足，晶莹剔透的水滴在翠绿的芦苇叶子上聚集，顺着叶尖滴落到下面巨大的石盆里……诸如"宁静、平和、静谧、极乐"这些词汇都无法描绘出我们所见一切的意境。

第四章

　　然而我却在初春的季节努力寻找冬天遗留下来的印记。究竟藏在哪里呢？应该就在这附近，一年中最冷的那个月，在冬季暴君般的统治下，蔷薇和银莲花，湿润温和的空气和露水，蜜蜂和鸟儿们怎么敢如此放肆，放心大胆，恣意妄为？那么春之女神看到这幅场景及天地间万物的表现会如何呢？她会怎么说？她会怎么做？这样的搜寻会不会很多余，因为她很可能对此无动于衷，只是静静的被动着接受眼前等待着她的一切？不，仔细搜寻，你就能在这些拥有着永不凋谢青春的生命里发现她的手笔，她呼吸的空气都是如此香甜，比最昂贵的香水还要浓郁，比生命本身更加具有活力。除了我们刚才提到的，几株来自异国他乡的大树突然闯入了我们视野的边缘，它们就像家里来的穷亲戚，穿着破破烂烂的衣服，拘谨着缩在一角。它们来自非常遥远的地方，一片弥漫着浓雾、冰

a 肉桂蔷薇
　cinnamon rose

b 香叶蔷薇
　sweetbriar rose

霜和大风的地区。它们这帮外国人，阴阴沉沉，鬼头鬼脑。它们还没有适应沐浴在地中海蔚蓝色天空下的不慌不忙的生活节奏和愉悦的生活习惯。它们怎么也不肯相信天空的承诺，老是担心太阳什么时候会突然翻脸，把洒向人间的关爱毫无理由地骤然撤走，因为在它们的记忆中，老家的天空总是那么阴晴不定，即便在一年中最温暖的七月，它们仍然需要提防突如其来的恶劣天气，而这里的阳光像帷幕一样笼罩住大地，视野里全是如丝绸般软糯和温暖的金色光华。尽管如此，它们骨子里与生俱来的审慎性格仍然没有改变，每年时令已至，一到了相隔一千多里的老家开始下雪的时候，它们的树干还是会不由自主地打冷颤，迫不及待地抖落树枝上的叶子，光溜溜地强迫自己进入冬眠，无视周围绿油油的草地此时此刻并没有一丝衰败的迹象，无数鲜花还在争奇斗艳，甚至有一两株鲁莽的蔷薇，为了证明生命存在的价值，努力地将蔓藤攀爬缠绕在它们身上。它们却与周边欣欣向荣的环境形成了鲜明对比：黯然阴郁、光秃萧索、死寂沉沉，等到来年春天再次造访，才能从冬眠中唤醒它们；不过出于一种奇怪且多余的审慎，它们在春天到来之际也并不会立即做出反应，甚至比生活在巴黎阴暗粗劣的天空下的树木还要慢一拍，据说生长在巴黎的树木早就发出了嫩芽，然而生活在更加温暖地区的它们却毫无动静。挤在前来度假的游客人群里，偶尔有一两个人的目光会被它们吸引，它们零零散散的分布在山林中，一动不动的姿态掩藏不住内心涌动的渴望，使整座山谷都具有了梦幻般的魔力。它们的数量不多，并且善于隐藏自己，它们本来可以像周边长满瘤结的栎树、毛山榉、悬铃木，甚至攀藤植物一样，表现得更优雅高调一些，更快地适应新环境，紧跟时令变换，然而，它们始终我行我素，对外界保持着警惕和怀疑。它们站立在那里，遍体漆黑，形销骨立，就像在举办复活节弥撒的教堂门廊边站着一群病人，娇艳的阳光铺洒下来，照射到它们身上，它们的身体看上去变得透明了一样。它们已经从老家移植到这里很多年了，其中有一些甚至已经在这里生活两到三个世纪了，然而对老家严寒冬季的残酷记忆已经深入骨髓，它们永远不可能忘记以死亡为代价换来的习性。它们看过了太多的沧桑，这使它

三球悬铃木
Oriental plane

们的内心变得十分苍老,已经不能忘记从前的故事,也不能学习新的东西。它们固化的头脑拒绝接受不在惯常时间出现的阳光。它们就像衣着褴褛的老头儿,不显山不露水,心中有大智慧,却不愿享受眼前的快乐。但是,这一次它们错了,因为在这里,围绕在这些苍老的、吝啬的老古董们周围的,是一整片由各种各样植物组成的树林,这些植物对未来一无所知,但是它们仍然全身心地投入到了五彩缤纷的当下。它们的生命只为这一刻而绽放;它们没有过去,没有传统,没有回忆,它们唯一明白的就是:阳光如此明媚,空气如此温暖,它们必须要享受这一刻。当那些年纪更大的、地位更高的长者踌躇犹疑、闷闷不乐的时候,它们肆意绽放了花朵,陷入了热恋,开始繁衍下一代。它们就是那些默默无闻地开在寂寞角落里的小花们——无茎地菊,在草地上绘制了一幅简练直白又颇有规律的画卷;玻璃苣,它们花朵的颜色比最蓝的天空还要蓝;银莲花,它们猩红色的花朵仿佛在苯胺染料中浸染过一样;处子般的报春花;树状的锦葵;风铃草,随风晃动着它们的风铃,却没人能听到铃声;迷迭香,远远望去有点儿像乡野间长大的少女;沉甸甸的百里香,它们将自己灰色的脑袋硬生生地挤进石缝中间。

玻璃苣
common borage

迷迭香
rosemary

欧锦葵
high mallow

  不过，这无与伦比的时刻当然更属于透明精致、柔情似水的香堇菜。它们有口皆碑的谦卑突然之间转变成了令人无法忍受的强取豪夺。它们平时都羞怯地俯首潜伏在草叶之间；突然之间，它们疯狂生长，冒出了草叶覆盖的高度，翻身夺取了草地的控制权，甚至将绿色从它们的视野中全部抹去，让自己独特的颜色完全覆盖大地，微风吹过，漫山遍野都飘荡着一种植物的气味。山谷一侧种植了油橄榄树和葡萄藤的梯田里，谷底的深沟里、山顶的穹顶上面，层层叠叠着数不清的花朵，它们像笑脸一样露出来，仿佛一张由甜蜜单纯织成的艳丽大网；它们芳香的气息，像春天大山的灵魂一样清新而纯粹，使周围的空气甚至具象化的宁静都变得更加晶莹剔透，就像一段早已被人遗忘的传奇中描述的那样，大地静谧的呼吸在山谷里缓缓流淌，沁着清晨的露珠，就在太阳升起的那一刻，一位少女在朝阳中醒来，黎明的第一缕阳光笼罩住了她的全身。

第五章

　　让我们再回到乡间小屋墙外的小花园吧，小小的屋子外面漆成十分亮丽的颜色，屋顶是典型的意大利式的，花园里种植着长势喜人的蔬菜，没有特别的偏好，也没有张扬的外表，它们对未来一无所知，对严寒酷暑毫不畏惧。农民老伯伯，随着岁月的增长，与他亲手培育的植物渐渐融为了一体，他围绕着油橄榄树掘出泥土，他种的菠菜长得十分高大；荚豆张开了它们长在苍白叶片上的煤黑色的眼睛，不动声色地观察着夜幕降临；而沉不住气的豌豆悄无声息地发芽了，渐渐长大蔓延开来，尽管六月尚未踏进花园的大门，许许多多蝴蝶就已经执着地趴在它们枝叶之间，仿佛静止了一样；胡萝卜露在外面的部分因为阳光的照射变成了红色；正午时分的花园弥漫着厚重的香气，天真烂漫的草莓弯下它们蓝宝石色的瓮状顶花，吸取着大地供给的养料；生菜把自己层层包裹起来，终于生出了金黄色的芯儿，用来收藏清晨和晚间精华凝结的露珠。

　　蔬菜们如此竭尽全力地展示自己，与它们一起生活在花园里的果树们冷眼旁观了许久，终于按捺不住争强好胜的冲动，加入了这场集体狂欢之中。不过，那些经历过北方风霜的长老们却始终不为所动，因为这些爷爷辈儿的老树出生在北方广阔的黑森林里，苦口婆心地劝导着它们不谙世事的子孙后代务必谨慎行事。然而，此时此刻，它们也从冬眠中苏醒了，它们同样也难以抵御明媚春光的诱惑，下定决心加入了弥漫着香气与爱意的舞场。现在，黎明揭开了夜晚的幕布，桃树上玫瑰色的花瓣堪称奇迹，就像婴儿粉嫩的肌肤罩上了一层朦朦胧胧的天蓝色的迷雾。梨树、李子树、苹果树和扁桃树更是使出浑身解数想要在令人迷醉的争奇斗艳中胜出；苍白的榛树伸展着枝叶点缀其间，就像威尼斯枝形大吊灯瀑布般倾泻下来的宝石串儿一样，照亮了花的盛宴。对那些极尽艳丽奢华的花朵们来说，它们除了自己以外一无所有，同时除了自己以外也了无牵挂，"这个地方的夏季怎么好像没有尽头？"这种问题对它们来说是一道无解的谜题，而它们也早就放弃了弄清楚这个谜题的努力。时间久了，它们就忘

扁桃
almond

记了四时更替的规律,不用继续在萧索的寒风中默默计算春天到来的日子;然而,日复一日,年复一年,尽管每天炽烈的阳光都会上升到头顶,侵占所有阴影的位置,它们还是心怀忧虑,生怕自己遭到了欺骗,眼前的美景终究会被出其不意地夺走,于是,它们本着"花开堪折直须折,莫待无花空折枝"的原则,不浪费一秒钟的美好时光,它们下定决心持续绽放,从一月份到十二月份,全年四时无休。自然之神对它们的决心表示满意,为了表彰它们对快乐的天真信任、它们不可方物的美艳和浓情蜜意,她赋予了它们一种力量,使它们身上散发出别样的耀眼光辉和香气,而那些对生活充满恐惧,畏畏缩缩,犹豫不决的花朵就全然没有这样的风采。

　　以上记载的这一切，包括之后一些篇幅所涉及的其他事实，都是今天当我偶然看到一栋坐落于小山坡上的小房子时的所观、所感、所想，正值山花烂漫，触目所及全是由蔷薇、香石竹、桂竹香、天芥菜和木犀草组成的花海，这些扑面而来、几乎令人窒息的满眼繁华，追根溯源都是由春之女神倾倒至人间的；然而在同样完美的一天，小房子紧闭的大门前，在石头铺筑的门槛上，南瓜、柠檬、橘子、青柠和土耳其无花果却匍匐在地上，保持着庄严的、被遗弃的、单调的沉默。

桂竹香
Aegean wallflower

Chapter 3
野生的花

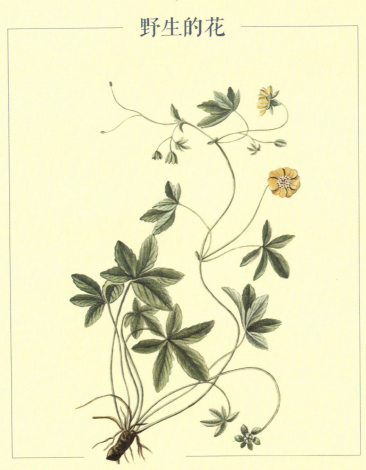

款冬
coltsfoot

第一章

踏足这个没有城门的国度，仿佛走在一条花色繁多、艳丽热烈的地毯上，在明媚阳光的照射下，它们疯狂地摇摆着身体，欢迎我们的造访。显然，它们正盼望着赶紧见到我们。当三月的第一缕阳光撒向大地的时候，雪滴花，属名为 Amaryllis[①]，她是白霜英勇的女儿，她第一个从冬眠中苏醒，并且吹响了起床的号角。影影绰绰的花之幽灵紧随其后，带着沉睡时候支离破碎的记忆，从黑暗的土里挣扎而出。它们虚弱苍白，毫无姿态可言，与我们通常所说的花卉在外表上相去甚远，它们是：红叶虎耳草[②]，又名圣彼得草[③]；紧贴着地面几乎看不到的荠菜；蓝瑰花；臭嚏根草，又名圣诞玫瑰[④]；款冬；和有毒的月桂瑞香。所有这些植物都显得脆弱而病态，不管什么颜色都透着苍白，呈现出一种淡蓝色或浅粉色，自然女神踌躇着、犹豫着；终于摒弃了她所有的坏脾气，释放出了她平生第一次

① 现属名为 Galanthus，而 Amaryllis 为孤挺花属名。

② 英文名常作 rue-leaved saxifrage。

③ 圣彼得草（samphire）一般指的是盐角草、海崖芹等几种肉质盐生植物，它并不包括红叶虎耳草。

④ 圣诞玫瑰与臭嚏根草实际并非同一物种，它应指的是黑嚏根草。

雪滴花
common snowdrop

黑嚏根草
black hellebore

热情,将无精打采的囚徒从寒冬那里解放出来,将久病未愈的病人从暗无天日的地下牢房里解救出来,然而此时她的能力仍然十分有限,显得怯懦且不熟练,因为阳光本身现在也尚且被淹埋在黑暗中。

不过很快,阳光就会破围而出;大地上万物复苏,春心萌动,动物们到处寻找着配偶,传宗接代的意图越来越明显和强烈;在植物的世界里看不到粗野的求偶竞争;当半梦半醒的夜晚像迷雾一样被黎明所驱散的时候,乡野路边的野花们就开始在蔚蓝的天空下展开了不为人所见的竞争。尽管它们生长在城市周围,但是城市里的我们仍然对它们一无所知。忍受着风吹日晒的它们制作出甜香的花蜜,与此同时,它们骄傲的姐妹们,被种植在温室里的深处仍然冷得直打哆嗦,受到人们的精心呵护却毫无产出。世事如此不公,然而无论过去多少年，外表看似纤弱的它们仍然倔强地生长在那里，在遭到洪水冲刷的田野上、在时断时续的小径边、在初雪将整个乡村田野都覆盖住的时候，它们仍然用质朴简单的美丽装饰道路两旁。没有人播种，也没有人收集种子。它们有着自己的骄傲，撑过了寒冬和酷夏，人们却将它们践踏在脚下。然而在以前，在并不是很久远的过去，它们曾经独占了自然女神的青睐。大约几百年前吧，在它们那些令人眼花缭乱的、怕冷的亲戚们从安的列斯群岛（Antilles）、印度、日本移植到本国来之前，或者说，在它们长得一点儿都不像自己也不知感恩的亲生女儿们篡夺了它们的地位之前，它们是满目疮痍的荒野里唯一的亮点，它们独自点缀了乡间小屋的门廊以及雄伟城堡四周，甚至追寻着恋人们的脚步，将自己的领地一直推进到小树林里。但是时移世易，逝去的美好时光早已不再；它们也从植物世界的王座上跌落，留给它们的唯一纪念就是曾经的峥嵘岁月赋予它们的名字。

从这些名字中我们可以体会到它们曾经的拥有者对它们的感激之情以及对它们热切的喜爱，他与它们之间互相给予互相亏欠的所有一切都包含在这些名字当中了，就像空心珍珠里包含的永恒香气。因此它们与女王、牧羊女、处女、公主、精灵和仙女们同名，它们的名字轻轻地从双唇呢喃而出，就像情人间的爱抚一样轻柔，像电闪雷鸣一样震耳发聩，像一个吻，像爱的呓语。在我心目中，我们的语言中没有任何物品能比这些朴素的小花们拥有更美妙、更优雅、更饱含激情与爱意的名字了。作为思想的载体，这些名字所使用的词语就像温暖的外衣，几乎总是令人联想到这几个形容词：小心翼翼、轻柔精细、满怀崇敬与欣喜。名字就像一种绚丽并且透明的物质做成的模具，塑造出了浓淡合宜的颜色、甜蜜怡人的香气和空灵悦耳的声响。此时我脑海里不禁浮现了无茎地菊、堇菜、蓝铃花和虞美人或蔻库莉可这几个名字，它们与其所指的花朵合而为一，不可分割。举例来说，虞美人的别名"蔻库莉可"念起来多么有激情啊！天然流露出一种难以言传的轻快和欢乐，但是，如果换成科学家们给它们起的拉丁文学名"*Papaver rhoeas*"，意境就全被破坏掉了！还有其他一些花草的名

蓝铃花
common bluebell

黄花九轮草
cowslip primrose

① cow,母牛；slip,委婉拼写，来自 slop,猪水，粪。因其生长于牛粪堆或沼泽地而得名。

字，例如黄花九轮草，别名牛粪草①、小蔓长春花、银莲花、蓝铃花、蓝色的水苦荬、勿忘草、野生旋花、鸢尾、圆叶风铃草等，它们的名字赋予它们恰如其分的气质，其类比的修辞手法使用之巧妙，就像顶级的诗人灵光乍现，才思泉涌的那一刻，究其一生也是可遇而不可求的。它们的名字代表了它们所有的朴素天真以及它们可视的灵魂。在玉米地里、在草丛中，野花们隐藏着自己，它们有的俯身折腰，始终隐匿于视线之外，有的则挺直腰板，鹤立鸡群般长到人耳边的高度。

我在这里仅仅提到了少数的几种我们大家都耳熟能详的野花的名字，其实还有很多其他的野花，生长在我们每天走路经过的路边和田野小径的两旁，它们的名字，虽然我们并没有听说过，但是它们的发音像音乐一样，传达着同样的亲切、快乐和智慧。因此，此时此刻，确切地说是在这个月底，农民们就要开镰收割玉米了，当成熟的玉米依次倒在收割者的镰刀下,田地里只剩下了成排成排的垄沟,上面覆盖了一层浅紫色:这些就是紫盆花,它们最终等来了绽放的时刻,正如它们的名字显示的那样毫不起眼,又像蒙上了一层面纱的宝石一样,既高贵又粗鄙,既美丽又谦逊。在它们周围散布着另外一种珍贵的宝藏:毛茛①,也有人叫它们黄油杯,它们有两个名字,正如它们两个完全不同的个性:有时候它们就像纯洁的处女,与它们的好朋友月见草一起,为绿色的草地描绘出美丽的图案,然而下一秒它们就变成了巫师,掌握着可怕的毒液,只要路过的动物不留神沾染上一点儿就会命丧黄泉。除此之外,我们还能看到蓍草和贯叶连翘,它们小小的花朵曾经非常具有利用价值,当它们漫山遍野开放的时候,那景象就像穿着暗沉校服的女童子军沿着田野上的道路行军;外表粗

① *Ranunculus* 是毛茛属拉丁学名,在拉丁语中意为"小青蛙",可能是指该属很多物种像青蛙一样常见于水边。

高毛茛
tall buttercup

月见草
common evening primrose

鄙、数量众多的千里光，还有它们的近亲苦苣菜以及危险的龙葵、将自己隐藏得十分隐秘的欧白英、匍匐在地上的萹蓄长着常绿的叶片。所有家族成员济济一堂，大家都不太张扬，脸上带着温顺的笑容，身上穿着朴实耐用的灰色布料做成的衣物，在夏末秋初的时节，已然有了些许凉意，这样的装束无疑是最为实用的。

第二章

不过，在春夏两季盛开的野花品种就带着全然不同的气质，三月、四月、五月、六月、七月，每个月都有独特的野花引领风骚，让我们记住它们欢快喜庆的名字吧，从中我们可以感知春天的韵律，窥见蔚蓝的天空和黎明、月光和骄阳！每年，雪滴花都会率先苏醒，宣告冰雪融化的日子终于到来了；繁缕，

琉璃繁缕
scarlet pimpernel

高贵紫萁
royal fern

天仙子
black henbane

颠茄
deadly nightshade

这是一种俗称"女士的衣领"的野草,它们混杂在教堂门外的树篱中,迎接那些早早赶来领圣餐的信徒,它们叶片的颜色就像一种透明的灰绿混合的染料。散发着忧郁气质的耧斗菜和野鼠尾草;还有伤愈草属、当归属植物、野茴香;桂竹香给人的感觉就像乡村牧师的仆人;高贵紫萁,被称为"皇家蕨";还有地杨梅属、梅衣属植物和神鉴花;扁桃叶大戟是一种神秘的植物,表面上不动声色,暗地里却隐藏着难以预料的激情;酸浆的果实成熟的时候外形果真跟灯笼非常相似;天仙子、颠茄、毛地黄,它们都是毒辣的女王,蒙面的克莱奥佩特拉们生长在未经开垦的荒野和凉爽的树林里。除此之外,我们不要落下果香菊,它们成千上万绽放的笑脸,像虔诚的、包着头发的修女,为人们捧来装在陶器瓦罐里的、有益于身体健康的佳酿;琉璃繁缕和小冠花,浅色的薄荷和

110　花的智慧：博物图鉴版

驴食草
common sainfoin

田春黄菊
corn chamomile

　　粉红色的百里香，驴食草和小米草，滨菊、淡紫色的龙胆草和蓝色的马鞭草，春黄菊、披针形的野莴苣、委陵菜、淡黄木犀草，把这些野花的名字念一遍就好像背诵了一首歌颂优雅和光明的诗歌。我们把语言中最有魅力的、最纯洁的、最清澈的声音，以及所有表达喜悦之情的天籁之音都留给了它们。我们甚至可以把它们看作一部戏剧中的角色，一场宏大的梦幻剧里的舞者和唱诗班歌手，与剧场中上演的真正戏剧相比，它们的只是更加美丽，更加令人瞩目，更加神奇，它们在普洛斯彼罗①的海岛上，在忒修斯②的宫殿里，还有阿尔丁森林里尽情表现着自己。在这场静默的、永无止境的喜剧里表演的相貌清秀的女演员们——女神、天使、交际花、女王和牧羊女们——她们的名字闪耀着无数黎明神奇的光辉，被遗忘的人们深情期盼的无数春日时光，与此同时，她们的名字也承载着成千上万的感情记忆，或深情无限，或转瞬即逝。这些记忆

① 莎士比亚的戏剧《暴风雨》中的人物。
② 希腊神话中的英雄。

属于她们出现之前的几代人，在他们消失之后，除了这些记忆，他们的一切都已经烟消云散，了无痕迹了。

第三章

它们非常有趣，同时又令人费解。我们将它们含糊地统称为"野草"，意思就是它们毫无用处。然而，在随处可见的一些非常古老的村庄里，它们其中极少数品种仍然保留着治愈的"魔力"，尽管今天看来这种功效存在着很多争议。我们也能很容易在药材商和草药治疗师的药罐子里面找到其中一两种"野草"，即便到现在还是有很多人相信用传统方式浸制出的草药具有神奇的疗效。当然，对此持怀疑态度的人就会更加谨慎，他们会摒弃所有草药成分。随着现代药学的发展，古老的采集草药的仪式规范已不复存在，甚至家庭主妇们代代相传的使用香草的家庭小秘方也都失传了。更可怕的是，一场针对它们的残酷战争已经开始了。农夫们害怕它们，他们用犁去犁它们；园丁们痛恨它们，为了消灭它们，装备了各式各样的厉害武器，包括：铁锹、耙子、锄头、铲子、掘根斧等等。它们被迫退到了公路旁，但是这个最后的庇护所也并不安全，路人不经意的踩踏，车辆疾驰而去，给它们留下累累伤痕……尽管世界对待它们如此残酷无情，它们仍然顽强地生长在原地，永恒的、自信的、丰裕的、平静的，它们无欲无惧，只响应太阳的召唤。四时更替，节令递迭，它们从未有过一小时的误差。它们并没有将人类放在眼里，尽管人类费尽心机和体力想要征服它们，当人们累到不得不停下休息的时候，它们再一次从人们留下的脚印里钻出来。它们无所畏惧、无法根除、难以驯服。经过多代人工环境的培养，它们夸张变异的女儿们充斥着人们的花篮。然而它们这些贫寒的母亲们与十几万年前别无二致。它们没有为自己的花瓣多加一层褶皱，也没有重新调整雌蕊的排列方式，更没有改变花朵的颜色，甚至没有添加任何香气。它们的生命承担着一项自然女神交予的秘密任务，它们保持着自身最原始的样子。从它们第一次出现在地

斑叶百里香
garden thyme

球上开始，土地就属于它们了。换言之，它们代表了大地，它们是大地最诚挚的笑脸，它们是大地最执拗的思想，它们是大地难以控制的欲望。因此，如果我们对土地有任何疑问，去问它们是非常明智的，它们肯定有很多话想要告诉我们。另外，我们也不要忘记，我们的祖先首先从它们身上认识到世界上还存在着许多毫无用处但是却美丽无比的事物，除了野花之外还有：日出日落，生机勃勃的春天和硕果累累的秋季，婉转悦耳的鸟鸣，美女高耸入云的香鬓、风情万种的一瞥以及高贵优雅的举止，所有这一切都会给人们带来愉悦的享受。

匍匐委陵菜
creeping cinquefoil

Chapter 4
菊花

沙生蜡菊
dwarf everlast

第一章

每年十一月份，是纪念逝者的季节，也是秋季绚烂宏大的盛宴到达顶峰的时节，通常我都会选择在这个时候，怀着极为虔诚恭敬的期望，踏上搜寻菊花美丽芳踪的旅程。倘若在我旅行途中或者旅居过程中无意间遇到其他美景当然也不错，不过菊花仍然吸引着我全部的注意力。它们的确是一种分布最广的、品种最繁多的花卉植物，不过它们的物种多样性却有着与众不同的特点：无论存在着多少种类，它们之间都很神奇的保持着某种和谐，可以这么说，虽然没有任何人亲眼见到过，但是在我们想象中的伊甸园里，恣意生长的、种类繁多的奇花异草大概具有同样的特性。这种和谐还体现在它们全都严格遵循着某种超越时间和空间的神圣自然法则，无论它们生长在哪个国家，位于哪个维度，只要冥冥之中一个神秘的声音说出那个密码，这个密码旋即就会穿越时空，传达到每一朵花的耳朵里，于是，在同一时间，所有的花朵就会立即展开各种五颜六色、大小各异、形态多样的花瓣，争奇斗艳，就像在一场无比盛大的舞会上，最美丽温顺的淑女们同时露面，展示出身上装饰着蕾丝花边的高档丝绸衣服，还有熠熠生辉的珠宝和精致的卷发。

接着，让我们闲庭信步，随意走进一座水晶博物馆，在十一月柔和阴沉的天气的映衬下，摆在展台上的珍宝就像蒙上了一层面纱，给人一种类似葬礼上的肃穆沉寂的感觉。一瞬间，我们仿佛真正领悟了菊花世界的主导思想，它们令人窒息的美丽，经年努力却无法预知最后结果的无奈……要知道，在人类眼中，花卉世界获得了上天特殊的眷顾，而自成一体的菊花世界更是其中最奇特、最享有特权的一类了。我们不禁要问，从它们身上获得的全新领悟是否会成为我们更深入的理解太阳、地球、生命、秋季或人类的必要条件呢？

第二章

就在昨天，我去参观了年度最高雅华丽的花展，这是今年最后一场盛会了，十二月和一月份慷慨馈赠的白雪，像一条由平静、睡眠、缄默和夜晚织成的宽飘带，将充斥着可口美食的节日庆典隔在两边，在此期间，白雪下的生命静静的蛰伏着，等待着，暗暗积聚发芽的力量（表面上看风淡云清，然则内部蕴含着非常强大的力量），等待来年二月份明媚的阳光的召唤，又可以开始新一轮的狂欢了。

在巨大的透明穹顶下，它们静静地在那里绽放，这种高贵的花属于雾之月；在皇家礼堂里，它们静静地在那里绽放，就像秋季里小小的、灰色的花仙子，她们在欢快的舞蹈，突然之间不知从哪里传来一声命令，她们的全部动作都应声而停，保持着最后摆出的各种美妙的姿势。对菊花有所研究和偏爱的人第一眼就会敏锐地发现，它们又积极地，尽职尽责地朝着永无止境的完美境界迈出了一步。

说到这里，我们暂时先回顾一下现代菊花品种的起源吧：很久以前它们还是外表十分朴素的，毫不起眼的黄油杯[①]，即便在今天，我们仍然能够在堆满了枯叶的道路两旁和零散分

[①] 原文 buttercup 一般指毛茛科毛茛属植物。

滨菊
oxeye daisy

布在小乡村的杂乱无章的花园里看见它们那小小的、简陋的、深红色或淡红色花朵强颜欢笑；两相比较，眼前这些参展的珍贵品种就要纷繁复杂得多了，它们硕大的花朵有的洁白如雪，层层叠叠堆砌了无数层细密如羊毛般的花瓣，有的花朵是圆盘状的，有的花朵是球状的，有的是紫铜色的，有的是银灰色的，像雪花石膏或紫水晶雕刻而成的奖杯，它们的花瓣陷入了意乱神迷的疯狂，用尽全力，用谜一样的形状和色彩来装扮秋季，以及填补即将到来的冬季的空缺，要知道很快整片森林将会陷入沉睡；所以，让我们驻足于这些非比寻常的、超乎想象的菊花品种面前，好好地欣赏，深深地赞美它们吧！

举例来说，这边展台上聚集了很多令人惊叹的、长着星状花冠的菊花品种，它们有的花冠是扁平星状的，有的是爆炸式星状的，有的是透明星状的，有的星状花瓣是立体的并且带有肉肉的质感，还有的被称为大地上的银河系和星座，与天上的那个交相呼应。这边是羽状花冠品种，顶着它们高傲的桂冠，等待钻石一样的露珠洒在身上；这边还有一些超乎想象的品种，像童话里的长发姑娘，披散着长长的发辫，有的给人一种不真实的神魂颠倒的感觉，有的使人想到了睿智、精确和一丝不苟，还有的透着点疯狂不羁；像柔美甜蜜的月光，像金色的灌木丛，像燃烧着的漩涡；就像人们能想象出来的最柔软、顺滑的发卷，它们属于肤白貌美、面带微笑的少女，一听到风吹草动就飞奔逃离的林泽仙女，热情如火的酒神巴克斯的女祭司，令人意乱情迷的塞壬女妖，冷若冰霜的处女，嬉戏打闹的儿童……天使们、母亲们、农牧之神们、情人们都曾经深情抚摸过它们，带着或平静或激动的心情。另外，这里还有一些看上去凌乱无序的品种，就像野外新发现的野兽种类，难以归类到已知的物种之列。它们长得像刺猬，像蜘蛛，像裂叶菊苣，像凤梨，像绒球，像都铎玫瑰[①]，像贝壳，像具象化的水蒸气，像冬天人们嘴里哈出来的雾气，像屋檐下悬挂的冰凌，像突如其来的一串儿火星儿，像翅膀，像光芒，像一团蓬松的、绵软的、肉肉的东西，像金合欢树的枝条，像猪鬃，像火化用的柴堆，像流星烟火，像闪耀的光亮，像一连串散发着硫黄色的火焰。

① 都铎玫瑰，英格兰传统纹章，其名源自都铎王朝。

第三章

既然我们刚才已经不厌其详地完成了介绍菊花外形的任务，接下来就让我们一起来攻克另外一个领域的问题吧！正如我们看到的那样，被秋天视若珍宝，吝啬于拿出示人的色彩，都指定留给了最能代表它的菊花。秋天将黄昏、夜晚和收获季节的所有财富，全部都慷慨的赠予了它们：森林中被大雨冲刷出来的黄泥色，平原迷雾一般流转的银色，像落在花园里的霜和雪一样的白色。最重要的是，秋天允许它们按照自己的意愿就地取材进行创作，即将陷入沉寂的森林中落满枯叶，这些都是它们取之不尽用之不竭的宝藏。秋天允许它们使用各种材质来装扮自己：金色的亮片、青铜色的奖牌、银色的饰扣、铜制的金属片、林间精灵的羽毛翅膀、磨成粉末的琥珀、燃烧着的托帕石、损毁的珍珠、烟熏的紫水晶、煅烧的石榴石，呼啸的北风都前来帮忙，将所有这些珠宝堆积到山谷沟壑和林间小径中，唯一的要求就是它们必须始终忠实于老主人，尽管它们已经落在尘埃，失去了生命，但是它们看起来依然流光溢彩，这是因为它们并没有脱下在那些单调疲倦的月份里从它们出生时就一直穿在身上的制服。北风十分强势，它不允许它们背叛

小蔓长春花
common periwinkle

老主人，换上预示着春天和黎明的明亮、豪华、变化多端的礼服；不过，有时候它勉强能接受粉红色，而且这并不是一般的粉红色，让我们想象一下：一位悲痛欲绝的少女，跪在坟前祈祷，面纱也遮挡不了她冰凉的嘴唇和苍白的额头，北风忍不住借来了她嘴唇的颜色。它尤其禁止的是像调色盘一样五彩缤纷的颜色，因为它们象征着夏季、朝气蓬勃的青春、活力四射又平静祥和的人生、健康的体魄和宽广欢乐的胸怀。喧闹的朱红色、浓烈的猩红色、傲慢炫目的紫色都属于它绝对无法忍受的颜色。至于各种蓝颜色，从黎明时天空显现的蓝色，到大海和幽深的湖水映出的靛蓝色，从小蔓长春花的蓝色到玻璃苣和蓝花矢车菊的蓝色，这些都遭到了它最深沉的忌惮。

第四章

尽管如此，得益于自然女神时不时发作的健忘症，世界上最不可能出现的花朵颜色，也可以说是最大的禁忌颜色——这种颜色大概只能在有毒的大戟属的花冠、伞状花序、花瓣和花萼上才能找到——绿色也突破重围挤进了舞台中央，原本这种颜色是大自然特意预留给叶片的，它们躲在花朵之下，提供养料的同时起着陪衬作用。确实，绿色凭借着谎言偷偷溜进了花朵里，它就是一个叛徒、一个间谍、一个带着一抹青灰的背弃者。黄色背信弃义，慌不择路，不慎失足掉入了亡命天涯的月光那冷淡残酷的蓝色里，就创造出了这种颜色。它仍然属于夜晚，有着深海的蛋白石一样的虚幻；它仅仅表现在花冠顶端或多或少并不固定的斑块中；尽管看上去模糊不清，神出鬼没，难以捉摸，但是有一点却是无可辩驳的，那就是它的存在。它历尽了千辛万苦，想尽了各种办法，终于跻身于花冠之上，它务必要保持自己的存在感：每一天，它都变得更加稳定和坚决；它蛰伏多年的阴谋策划终于展现出来威力，棱镜折射太阳光得到的所有颜色连同欢乐一起都深受其害，它们只得改弦更张，将自己投入到其他尚未开发的处女地，在那里，它们同样蛰伏下来，卧薪尝胆，为我们准备一场前所未有的视觉盛宴。可以说，正是它的出现开启了震惊整个花卉世界的伟大潮流，这是一场值得纪念的征服。

第五章

我们千万不要把花卉培植艺术当作奇淫巧技，可能在外行人看来这不过是把一种朴素的、无用的野花培育出变化多端的外形和各种难以用文字描绘的颜色来取悦于人，同时，我们也不能将那些追求更加美丽奇特花卉品种的人所付出的辛勤劳作看成是幼稚无用的行为，相反，就像拉·布吕耶尔（La Bruyère）笔下描绘的两位郁金香和李树爱好者就非常可爱。这里就引用他的一段原文。

郁金香
Didier's tulip

从前有一个非常热爱郁金香的人，他在城市郊区拥有一个花园，从日出到日落，他整日泡在里面消磨时光。在旁人看来，他一直站在他的郁金香花丛中，好像脚下生了根，面前就是那株被他取名为"孤寂"的郁金香。突然，他眼睛睁得大大的，摩擦着双手，蹲下身去仔细查看，在他眼里，"孤寂"从没有像现在这么好看过。他正处于一种极度狂喜的状态，他无法保持平静，于是他站起来离开"孤寂"，走到了"东方"面前，接着又去看了"寡妇"，从那边又转到了"金线织锦"面前，然后是"阿加莎"，最后他又回到了"孤寂"面前，接连的折腾让他筋疲力尽，于是他坐了下来，丝毫没有意识到自己连饭都没有吃。他盯着眼前的郁金香，欣赏着花瓣的形状、颜色、明暗交替的色泽和边缘的弧度，还有整个植株和花萼优雅美丽的姿态，喜悦之情油然而生。上帝和自然这么虚无缥缈的东西从未在他的心头停驻过，因为他的注意力从来没有离开过他的郁金香球茎，即便有人给他一千顶王冠他也不会交换，但是世异时移，曾经千金难易的珍宝也风光不再了，如果你真正热爱花卉，想要跟他要一株郁金香的话，他甚至会白送给你，因为市面上郁金香已经不再流行，现在风靡一时的是香石竹。这个人并没有失去理性，相反，他拥有着真正的灵魂，怀抱着某种坚定的信仰。当他晚上回到家中，尽管筋疲力尽，饥肠辘辘，但是他感觉这一天过得非常开心，因为他看到了他心爱的郁金香。

让我们再跟另外一个人闲聊一下园艺吧，如果你跟他提到长势喜人的庄稼，穰穰满家的丰收，以及葡萄园新摘下来的累累宝石般的果实，你就会发现你说的话他几乎一个字都没有听明白，他关注的只有水果；于是你只好转换话题，跟他聊一聊无花果和甜瓜，告诉他今年果园里的梨树貌似长得不错，结了很多的梨子，都快把树枝压断了，桃子也结了不少，然而这次他仍然对你说的话充耳不闻，因为他唯一感兴趣的只有李树。不过你千万不要尝试跟他提起你种的李树，因为他只喜欢其中一个特殊的品种，对其他的统统嗤之以鼻；这时他会把你领到他自己种植的李树前，小心翼翼地采摘一个精美非常的李子，切开，递给你一半，自己迫不及待地吃掉剩下的一半，接着你就会听到他惊叹："太好吃啦！你喜欢这个味道吗？天堂的佳肴也不过如此吧？什么都比不上它的美味！"说着说着，他的鼻孔都激动得张大了，表面的谦恭几乎无法掩饰他内心的欢乐和自豪。这是个多么有趣的人

香石竹
carnation

雏菊
common daisy

> 啊！他的名字应该被载入史册，供后人赞扬和敬仰！让我们趁着他还停留在生者世界的时候，赶紧瞻仰一下他的风采和形象，以便能有机会仔细研究一下他的形体容貌特征。要知道，茫茫人海中能够拥有这么完美的一颗李子是多么可遇而不可求啊……

遗憾的是拉·布吕耶尔对未来的预测并没有成为现实，不过我们仍然会轻易地原谅他，因为他为我们打开了一扇窗，给我们展开了一幅十七世纪园艺文化缩影，令人耳目一新，与他同时代的作家很少有人会涉及这个话题。无论如何，事实就是我们今天之所以能够拥有更加精致讲究的花圃，能品尝到品种更多、产量更大、味道更甜美的蔬菜和水果，全赖于他笔下那些看上去有点儿顽固，有点儿疯狂的园艺师们毕生的努力。举例来说，昨天在花展上，我除了看到了品种繁多、形态各异的菊花，在它们周围还有许多令人叹为观止的奇迹，即便生长在最贫瘠的花园土地里，也结出了硕大肥美的果实，果树上过长的枝条还被精心和巧妙地加以修剪弯折，形成一片规模庞大、美轮美奂的树篱。在不到一百年以前，我们对这些新品种还闻所未闻；正是无数的园艺师们的顽固、坚持和不懈追求，他们每一步微不足道的进步，积累到今天才能引发翻天覆地的变化，然而如果把他们之中某个人的事迹单独拿出来看的话，我们或多或少会觉得他的执念过于狭窄甚至荒谬。

不仅在园艺方面，其实人类社会的所有成就和财富都是这样一步步获得的。自然界其实一点儿都不简单；如果一个人对一朵花、一叶草、蝴蝶的翅膀、鸟巢或者贝壳拥有着超乎寻常的兴趣，投入了常人难以理解的热情，哪怕他研究的对象再怎么微小，常常也会包含着伟大的真理。如果你能够成功的改良一朵花的外观，就花朵本身而言，这样做可能是毫无意义的；但是让我们再深入地思考一下，就会发现它的重大内涵。我们培育出自然界中原来没有的花卉品种是不是违反和偏离了某些根深蒂固，或许在本质上讲至关重要的自然法则？自古以来，人们对自然法则鲜有质疑，唯有接受，以至于人们轻易地认为它们所设置的种种限制是理所应当的，然而我们这样做是不是就说明我们已经突破了这个限制？与自然相比，我们的生命如此渺小，与宇宙相比，我们的存在转瞬即逝，然而我们这样做是不是直接将我们短暂生命的意志强加给了永恒的力量？一个人的意志是非常渺小的，但是有时候单枪匹马的奋斗也有可能会创造奇迹，我们这样做是不是可以证明个人意志能够改变自然秩序？膨胀的野心和过于遥远的梦想虽然并不可取，然而不正是这一小步一小步的成功才燃起了希望，鼓舞我们勇往直前，继续打破其他同样根深蒂固，与人类的生活更加密切相关的自然法则吗？简而言之，世间万物，万变不离其宗，所有我们能够触摸到的东西，所有我们能用手传递的东西，都要遵循相同的无形法则的规范，都逃不掉相同的自然规律的制约；所有事物在本质上都是一样的：它们由同样的物质组成，存在着同样的既可怕又美好的问题；今天看来可能是在一朵小花内部发生的最微不足道的进步，说不定有一天就会成为揭秘某种不为人知的无限秘密的关键线索。

第六章

以上就是我热爱菊花的原因，也正是这些原因促使我怀着同胞兄弟般的热情一直关注着它们的演化。在我们的一生中，它们可能是我们日常生活中最容易接触到的花卉植物里，最柔顺的、最专注的、最容易驯服和驾驭的一种了。它们的花朵里浸染了人类的思想和意志，可以这样说，菊花已经人性化了。如果植物世界有一天能进化出人类期待许久的语言功能的话，或许这种代表着死亡与坟墓的花朵就会第一个开口，告诉我们关于生存的秘密。如果同样的事情发生在动物世界的话，那么最有可能第一个通过语言告诉我们动物世界的秘密的会是家狗，作为我们家园的守护者，它们与菊花一样，具有与众不同的灵性。

Chapter 5
传统花卉

耳叶报春
bear's ear

第一章

  我家花园里种植着许多鲜花,为了避免被田野里闲逛的、经常虎视眈眈地盯着它们的牛啃光,我在花园周围搭建了白色的栅栏来保护它们。有一天早上,当我起身去查看我的鲜花的时候,我的脑海里再一次浮现了在森林里、田野上、花园中、温室里盛开的所有花朵的笑脸,同时我还想到多亏了花草世界我们才可能拥有的一切,蜜蜂是唯一获准进入那个奇迹国度的造访者。

  我们能想象出,如果这个世界上没有花卉,人性会变成什么样吗?如果它们根本就不存在,或者隐藏在我们无法见到的地方,譬如说,只存在于神话传说中,在现实世界中无迹可寻,那么我们的性格、才能、对美的感知和对幸福的理解还会和现在一样吗?事实上,很有可能我们会通过其他方式和途径,利用其他同样灿烂炫目的力量来展示我们对豪华、繁荣和优雅的理解,例如:太阳、群星、不断变化的月光、蔚蓝的天空与大海、黎明和黄辉、山脉、平原、森林与河流、光明与绿树,最后还有距离我们日常生活最近的鸟儿、宝石和美女。这些存在将我们的地球家园装扮得分外美丽,不过,它们之间还是有所区别的,最后提到的三项属于自然的特别馈赠,如果我们的生活中既没有了鲜花的装点,又再失去了它们,那么我们双目所及的世界该是多么的黯淡和艰涩,甚至于悲哀啊！假设我们整个星球的人都不知道花卉世界的存在，哪怕只有一秒钟，我们所有认知能力可以感受到的最神奇的、令人愉悦的感觉就会被彻底毁掉，或者说这种感觉压根儿就不会被人们发现。这种令人愉悦的感觉会被我们深深地埋藏在我们越来越冰冷、荒芜的心底，而我们的想象力也会遭到巨大破坏，因为这世界上缺少了能激起我们崇敬与虔诚之情的形象。自然界的色彩深浅、浓淡和明暗变化具有无限可能，但是如果缺少了它们，我们就失去了接触和感知其全景的机会，或许我们能从天空中看到尚且残存的一部分。斗转星移，瞬息万年，变化中的光线组成令人惊叹的和谐，永不停歇的创造出新的瑰丽华美的景象，然而失去了花卉这个介质，我们却注定与这场狂欢无缘，因为花朵就像一个棱镜，将人类看不见的光线打破分散，让我们的眼睛第一次看到了其中最为微妙精细的部分。除了视觉还有嗅觉，如果大地上没有了花卉，弥漫着各种诱人甜美香气的魔法花园是不会向我们敞开大门的。我们只能凭借几株青草、几滴树胶、几颗水果、黎明的呼吸、黑夜和大海的味道来猜测：在我们眼睛看不到，耳朵也听不到的远方，有一座封闭的天堂，在那里最简单的呼吸都会给人们带来无法用语言描述出来的快乐。不要忘了人类听觉上的损失！如果不是几个世纪以来美丽的鲜花丰富了我们日常交流和思维所依仗的语言，让我们能够将生活中最珍贵的瞬间升华，那么作为人类灵魂中得天独厚的最高层次的语言会变得多么苍白无力。表达爱意的所有词汇和语句沉浸在鲜花的香气之中，花朵们灿烂的笑脸也为之添光加彩。当我们心中有爱的时候，记忆中曾经看到过的所有鲜花和它们的味道就会立即浮现在脑海中，它们的魅力和柔情蜜意带来的幸福感混杂在一起，比大海和天空更深远，更广阔。从我们童年开始，它们就在我们身体里开始积累，这个过程甚至比我们想象的更早，在我们父辈身上就已经开始了，然后作为一笔庞大的财富传给了我们，因为这是最能帮我们获得幸福感的东西，从此以后，每当我们想要在繁杂的生活中获得片刻宁静，我们就可以将它们提取出来。在我们的情感世界里，它们创造并散播着滋养爱的甜蜜的气氛。

第二章

　　正是基于这个原因，在所有花卉中，我独独钟情于那些最简单朴素的、最古老过时的那一类，在漫长的历史长河中，它们甚至见证了人类的整个历史，记载了所有人性中仁慈暖心的行为，它们与我们共同生活了千百年，早已成为我们生活的一部分，从某种程度上来讲，从它们身上我们仿佛看到了我们远古祖先灵魂里蕴含的优雅和乐天安命的精神。

　　但是它们都藏身在何处呢？可悲的是，它们现在甚至变得比所谓的"珍稀花卉"还要珍稀的品种。风雨飘摇中的它们神秘而低调，看上去好像到了灭绝的边缘，或许其中某些品种真的已经放弃了最后的希望，就在最近从这个世界彻底消失了，掩埋在废墟下的种子再也不会发芽，再也不会看到花园里的露珠了，从此以后我们也只能在非常古老的书中才能看到关于它们的记载，与描述草坪照明装置和黄色的花圃雏形的部分放在一起。

　　傲慢自大的外来物种将它们从秘鲁、好望角、中国和日本驱赶出境，让它们离开了它们熟悉的舒适环境。其中两个入侵者是它们最为冷酷无情的敌人，第一种要数侵略性和繁殖能力都非常强的学名为 *Begonia tuberosa* 的秋海棠属植物，它们就像一群狂躁不安的斗鸡一样，耸起颈毛，在花圃里面来回逡巡。它们外表看上去十分美丽，然而却带着某种粗野张狂和一点儿矫揉造作。最让人难以忍受的是，它不分场合、不分时间的响起嘹亮的号角来庆祝自己的胜利，单调而令人厌烦，刺耳且没有节奏，从来不在乎外面是否已经到了夜深人静的时候，或是某些要求静默冥思的场合，无论天上是太阳还是月亮，无论是在令人沉醉的日光下还是在静谧的夜晚。另外一种就是重瓣的老鹳草，相较而言这种植物还算是没有那么傲慢张扬的，但是却具有同样的不屈不挠的精神和超乎寻常的勇气。如果不是因为它们的泛滥，其实这种花本身还是蛮可爱的。这两种植物，在其他许多更加狡诈的外来物种的掩护下攻城略地，绝不手软。刚开始它们很有隐蔽性，它们色彩鲜艳的叶片能够暂时将我们草坪上斑秃一样的空地填充起来，然后很快我们就会发现它们占领了大部分的草坪，将原有的整齐有序的线条破坏殆尽，就这样一步步的，这两种外来物种将原有物种从它们家园赶走，人们再也无法轻易地找到它们熟悉的笑脸，尽管我们在漫长的时间里早已习惯了它们的陪伴。曾经的它们，栖居于深深庭院镀金的大门上，向所有到访的来宾发出朴实无华的问候，闲庭信步于庭院的台阶旁，像小鸟一样在大理石造的花瓶上叽叽喳喳，在湖边悠闲的哼着曲子，在墙边呢喃着它们自己的语言……然而现在它们全都销声匿迹了。一些少数的幸存者退缩到了厨房后面的小花园里，这个地方非常偏僻，人烟罕至，然而正是因为这样，这个地方成

小花天竺葵
scarlet geranium

了这些药草和香草快乐的避难所。鼠尾草、龙蒿、茴香、百里香，就像为贵族家庭服务了一辈子的老用人一样，年老体衰后被无情辞退，主人家出于怜悯或者传统将他们搬到小房子里去养老。另外一些幸存者到马厩边儿上寻找避难所，它们放低身段，匍匐在厨房和地窖半埋在地下的门口，就像一群令人厌恶的乞丐，混在身边杂草中间，掩藏起身上鲜亮的衣服和浓烈的香气，竭尽所能的避免引起别人注意。

然而即便在这种地方也遭到了天竺葵属（Pelargonium）和秋海棠属植物的围追堵截，它们气势汹汹，怒火冲天地挥舞着深红色的花瓣，推搡这些无害的可怜小草。它们只得逃到了人迹罕至的农场里，墓地里，坐落在教区长家、老处女家和乡村女修道院粗鄙的小花园里。时至今日，除非我们特意远离铁路线和欣欣向荣的苗圃，深入到最边远、最古老的村庄，在摇摇欲坠的危房周围探寻，否则很难发现处于自然健康状态的它们：没有遭到驱赶的无奈惶恐，没有前途未卜下的惊魂未定，它们脸上流露出来的只有平静祥和、悠闲富足、随意放松。就好像它们又回到了以前鼎盛时期的样子，在石筑的院墙顶上，在白色栅栏的横栏上，在挂着鸟笼的窗台上，在空无一人的大路上，它们笑看春去秋来，雨季和阳光，蝴蝶和蜜蜂，静谧的夜晚以及如水的月光，它们看透了一切，只有永恒的生命力量是一个例外。

第三章

多么古老而忧伤的小花们啊！桂竹香、香石竹和紫罗兰，即便是散落在路边的野花，彼此之间在色彩、身姿和香味上都有些微的区别，不过它们都有着非常美丽的名字，用我们语言中最富有诗意且温柔至极的声音构成。每株上面都结着三朵或四朵骄傲的小花儿，都像是神龛中敬献的小小的、朴素的许愿贡品，又像是人们为了表达感激之情赠送的奖牌。紫罗兰们在坍塌的墙边唱着轻快的小曲儿，为阴暗的墓石带来一抹亮色。除此之外，你庭院里报春花科植物

皇冠贝母
crown imperial

铃兰
European lily of the valley

是黄花九轮草或牛粪草，还长有风信子、番红花、皇冠贝母、香堇菜、铃兰、勿忘草、雏菊、小蔓长春花、红口水仙、侧金盏花、耳叶报春、庭荠、虎耳草、银莲花等等，正是通过它们的努力，自然的语言被翻译成了人们能够理解的方式，在绿叶萌发到繁茂之前的几个月里——二月、三月、四月——人们得到了春天来到的第一手消息和第一缕温暖阳光的亲吻！凛冽寒风中，它们是那么脆弱，冷得瑟瑟发抖，然而另一方面它们又像人类的思想一样无所畏惧，勇往直前。它们使青草变得更加青翠；它们就像晶莹剔透的露珠，盛在蔚蓝色天空做成的水杯中，"黎明"早早起床，细心地将它们分配给饥渴的嫩芽；"譬如朝露，去日无多"，又如婴儿的睡眠，天使一样美丽且短暂；千年的时光宛如一瞬，它们仍像刚刚出生的时候一样野性难驯，在它们身上少年老成和光辉耀眼汇集一身，无视别人的眼光如火如荼，此起彼伏的放飞自我；从它们身上散发出来的忧郁哀愁和美丽雅致，完全压制住了那些轻易即驯服于人类的花卉。

第四章

然而此时此刻，终于轮到了夏日耀眼的女儿们出场了！数量极多、杂乱无章、五颜六色的它们，跳着舞，吵吵嚷嚷得就登上了舞台，其中有蒙着白色面纱的小姑娘和戴着紫色缎带的老处女，放暑假的女学生，初次进入社交场合的少女，面色苍白的修女，头发凌乱对粗野村姑，热爱八卦的家庭妇女和冷艳拘谨的仕女，形形色色，林林总总。这里是金盏花，她明亮耀眼的花朵打破了视野中连绵的绿色。这里是果香菊，就像雪花做成的花束，旁边就是她孜孜不倦的从年头开到年尾的兄弟们：庭菊，我们不要将其与秋天的日本菊花相混淆。向日葵高大挺拔的身躯像极了站在高高的圣坛上的牧师，俯视下面正在祈祷的教众，双手高举着圣体匣放在他们头顶上，为了使自己与崇拜对象更相像一些，它们还极力挺直腰板。清晨刮起的大风吹裂了虞美人的顶花，使之变成了一盏向着天空敞开口的杯子，为了将阳光填满它的杯子，虞美人竭尽全力。外表粗鄙的飞燕草（Larkspur①），穿着乡村风的衣服却感觉自己无比时尚，甚至比天空的颜色更好看，它们看不起匍匐在身旁的旋花，因为它们花朵的颜色蓝的过分。海滨希腊芥，将身子弯成一个拱形，就像小巧玲珑的、身着干净整洁的细棉布制服、漂洋过海从荷兰多德雷赫特和莱顿两个地方前来做工的女佣，兢兢业业地擦拭着床沿。木犀草将自己藏在实验室里，沉浸在调制香水的工作中，大概，当我们终有一日跨入天堂的大门，

---

① Larkspur 是毛茛科飞燕草属（*Consolida*）和翠雀属（*Delphinium*）共有的英文名。

我们呼吸到的第一口空气肯定就是这个味道。芍药一时间得意忘形,干了太阳为它斟上的美酒,突然间酒兴大发,前仰后合,不可自抑。红花亚麻使小路旁的犁沟好像沾染了血迹。马齿苋像苔藓一样贴地而生,认真地用淡紫色、琥珀色和粉塔夫绸色的小花覆盖住高高的、光秃秃的树干脚下同样光秃秃的土地。长着一张胖脸的大丽花,有点儿圆乎乎、傻乎乎的感觉,它们规则的、蓬蓬的绒球花冠,质地细腻,就像用肥皂、猪油或蜡切割而成的一样,乡村的人们通常会在节日期间用它们来装点家园。成串成簇,如父亲般慈祥的福禄考,毫不吝啬地将自己身上欢快跳脱的颜色传给它的女儿们。锦葵科中的花葵,就像外表冷艳端庄的淑女,内心却十分敏感,最轻柔的微风吹过它们的花冠,都会使它们面红耳赤。旱金莲擅长水彩画,它们身上的色彩鲜亮斑斓,就像一只爬上

欧耧斗菜
European columbine

金鱼草
garden snapdragon

距缬草
red valerian

笼内横梁,一直尖叫着的长尾鹦鹉。蜀葵趾高气扬的炫耀着粉嫩嫩的丝般质地的花瓣,简直比少女的胸部更加柔软光滑。金鱼草和几乎呈透明状的凤仙花却有着最为胆小怯懦的个性,它们害羞的将自己的花朵紧紧贴在茎干上。

　　在这些古老花卉丛中偏安一隅的还有爱扎堆儿聚在一起的兔儿尾苗、红色的委陵菜、万寿菊;以及古老的皱叶剪秋罗,紫盆花,毛地黄,它们就像自带悲壮忧郁气质的火箭一样从地里窜出来;还有欧耧斗菜;蝇春罗用它们长长细细的脖子顶着一颗小小的、朴实的、颇为圆润的脸蛋,虔诚的仰望着天空;匍匐在地的银扇草,但是毫无疑问我们千万不要小瞧这种不起眼的野草,当夜幕降临,月光洒满大地的时候,林中的精灵和仙女会聚在一起,用它们那苍白的、扁平的花冠充当货币来交换魔法;最后让我们不要忘了欧侧金盏花、距缬草(别名"朱庇特的胡子")、须苞石竹和我们司空见惯的香石竹,它们是在很久以前,由路易二世·德·波旁在流放期间发现并培育成为人工观赏花的。

除此之外，放眼望去，在四周的墙壁上面，树篱丛中，凉亭的藤架之间，纠结交错的树枝上面爬满了蔓藤植物，它们就像一群在街头耍猴和耍鸟的人，载歌载舞，嬉戏作乐，站在晃悠悠的绳子上，表演着各种杂耍绝技，有的假装失去平衡，有的稳定如山，有的真的掉下去，有的飞跃到空中，有的抬头仰望，有的翻越了树顶亲吻到了蓝天。让我们看一看都有哪些植物吧：西班牙豆和香豌豆，在这里被人当作花卉而不是蔬菜来培养，它们对此感到非常自豪；谦逊的牵牛花；忍冬，它们的香气像露珠一样沁人心脾；还有铁线莲属和大豆属植物；透过农庄的窗户可以看到两面白色窗帘中间垂下来的线绳上面缠绕着的锥花风铃草（*Campanula pyramidalis*），成千上万朵一模一样的小花螺旋缠绕，组成了一朵巨大的、洁净无瑕的、近乎透明的花束，它们是自然界的奇迹，

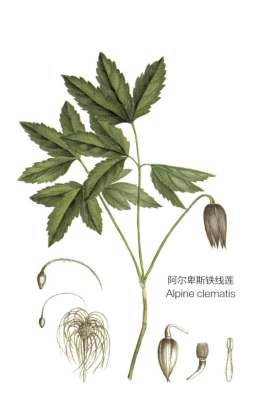

阿尔卑斯铁线莲
Alpine clematis

锥花风铃草
chimney bellflower

第一次见到这种花的人都不敢相信自己的眼睛,务必要亲手触摸一下,以辨真假,它们的触感如清泉般冰凉纯洁,如梦如幻,如醉如痴。

正在这时,一束纯洁的白色百合花像一束强烈的光芒闪入眼帘,作为花中老牌贵族,唯一拥有正宗王室血统的花卉,它们纡尊降贵,与那些无法立足于家庭菜园而被赶到河沟里、杂树林里、小池塘边、荒原上的同样古老却低贱的野花们为伍,它们也并不在乎置身于一群来源不明的陌生者之间,尽管它们的贵族头衔可以追溯到诸神的年代,从远古至今,它们由六朵花瓣组成的花冠没有发生过丝毫改变,像极了一个个银质的圣餐杯,古老的百合花举起手中同样古老的权杖,威严得令人无法直视,它由内而外发散出来的圣洁,仿佛一轮光圈笼罩在四周,带来了纯洁、平静与光明。

第五章

在一位高寿智者的花园里,我又看到了这些似曾相识的花卉,是它们教会了我要爱护蜜蜂,很久以前我甚至为其中一些亲自取了名字,不过时间长了又遗忘了。花园里品类繁多而错落有序,它们有的一丛丛一簇簇长在被树篱、红砖、陶制砖或黄铜链子分隔成对称的椭圆形、五点梅花形和菱形花圃里,就像是将珍贵之物收藏在宝箱里一样,箱子上雕刻着规则的花纹,与名声斐然的荷兰诗人雅各布·卡茨(Jacob Cats)著作书皮上的花纹非常相似,因为年代久远已经褪色了。所有的花卉在这里都整齐地排列成行,有些是根据花卉的品种来排列的,有些则是根据花朵的形状和色彩来排列的,当然最后还有一部分,在风和阳光的无意促成下,完全没有规律的混杂着生长在一起,展示着最浓烈艳丽的颜色,仿佛在向人们宣告:自然界中万物和谐,所有生命都是和谐的不可或缺的组成部分。

花园旁边矗立着一座呈长条形的别墅,外墙漆成了闪闪发亮的粉红色,就像大海中的贝壳一样,十二扇圆形窗户带着同样闪闪发亮的窗棂,挂着由平纹细布裁成的窗帘和绿色宽条百叶窗，宛如一座守护神雕像，黎明时刻它看着花园里的花朵们醒来，抖落身上冰凉沁心的露珠，流光溢彩如碎钻一般，当夜幕降临，繁星点点的时候，它又看着它们进入梦乡。人们不禁幻想着，每天柔情似水地目睹着这样童话般美好的景象，日复一日，年复一年，作为守护神的房子也被赋予了灵性和自己的想象力，它盯着花园里两条明显的犁沟之间的空地，将它想象成一望无际的大草原，蓝天白云下目之所及的绿色上面点缀着仿佛静止在原地的奶牛，小路的旁边有一座小磨坊，稍微有点儿向前倾斜，像一位正在布道的牧师，磨坊顶上巨大的风扇不停地转着，不停地向路过的村民打着招呼。

第六章

在我们生活的地球上，我们还能找到比园艺更完美的装点闲暇时光的事情吗？别墅的拥有者是我的一位好友，心境平和的他，望着花园里同样平和冷静、坦然自若的美丽花朵们，此情此景让人无比赏心悦目，它们像辛勤劳作的农民，不过它们耕种的是阳光，从那里，它们获得了奇迹一般的颜色、花蜜和香气。我的朋友敏锐的双眼发现了它们的秘密，并且将之转化成众人皆知的快乐，他把零落满地的、稍纵即逝的、几乎无法触摸到的夏天全都搬进了他的庄园里，包括醉人的空气、温和的夜晚、热烈的阳光、快乐的时光，亲密贴心的黎明，细语呢喃、神秘莫测的蔚蓝天空。谁也无法忽视它们的存在感，因为它们是如此的光芒四射，令人如梦如醉，然而我的朋友不仅仅喜欢它们的外表，他甚至希望从它们那里能够找到解答人类社会许多未解之谜的灵感：自然界的秘密法则或者宇宙隐蔽的思想，或许他的希望完全是鬼迷心窍，或许它们真的会带来惊喜，它们在最鼎盛的时刻，燃尽生命，放飞自我，为的仅仅是取悦、引诱和欺骗别的物种和别的生命，然而在这个过程中，它们创造了美。

第七章

我对这些古老的花卉说：老朋友们，是我错了，你们并没有那么古老。当我们仔细研究了它们的历史和家族谱系的时候，我们惊讶地发现，它们中的大多数，无论属于多么普通和不起眼的品种，都是全新的生命，它们就像一群被解放的奴隶、流放者、初来乍到的陌生人、造访的客人和外国人。任何一篇植物学专著都能揭开它们起源的秘密。举个例子来说，郁金香（还记得拉·布吕耶尔的"孤寂""东方""阿加莎"和"金线织锦"吗？）是在十六世纪的时候，由君士坦丁堡移植而来。在差不多同一个时期，毛茛、银扇草、皱叶剪秋罗、凤仙花、倒挂金钟、万寿菊、毛剪秋罗、开双色花的乌头、尾穗苋、蜀葵

银扇草
annual honesty

欧乌头
Venus' chariot

和锥花风铃草等品种被人从印度、墨西哥、波斯、叙利亚和意大利带到欧洲。有记载显示,在我们国内,混色角堇初次出现在 1613 年;庭荠,1710 年;宿根亚麻,1775 年;红花亚麻,1819 年;紫盆花,1629 年;虎耳草,1771 年;兔儿尾苗,1731 年;福禄考出现的时间比它们都更早一些。印度石竹大概在 1713 年左右首次出现在我们的花园里。羽瓣石竹的首次出现已经到了现代。直到 1828 年,人们才开始在田野里发现马齿苋;一串红到 1822 年才开始发现。现在,破坏草是一种很常见的植物,漫山遍野都是,然而仅仅在两个世纪前,它们在我们国家还不存在。叫蜡菊或者永久花的植物发现的时间会更晚一些。

小福禄考
annual phlox

a 番红花
　saffron crocus

b 春番红花
　spring crocus

我国培育百日菊恰好有了百年历史。西班牙豆的原产地在南美洲，而香豌豆是从意大利的西西里岛引进的，它们的种植历史只有两百年多一点。果香菊是从 1699 年开始在我国种植的，现在几乎已经难觅其踪，可能只有在最偏远的村庄里还能找到。生长在我们边境地区的美丽的蓝色半边莲在法国大革命时期从好望角漂洋过海而来。翠菊，还有一个别名叫蕾娜·玛格丽特，在我国的培植历史可以追溯到 1731 年。小福禄考现在是一种十分常见的一年生植物，它们的祖先在 1835 年才被人特意从美国德克萨斯州搬到这里来。花葵看上去特别像土生土长的植物，外表朴实低调，然而事实上，二百五十年前，我们花园里还没有它们的踪迹；而矮牵牛才引进了二十年左右。如果说木犀草和天芥菜这两种植物引入国内才不到两百年的时间，估计所有人都不会相信。大丽花是在 1802 年后才出现的；而唐菖蒲好像昨天才种进我们的花园里。

第八章

那么，我们的祖先在他们的花园里都种着一些什么花儿呢？毫无疑问的，可供他们选择的品种非常之少，同时它们的花朵也非常小且不那么好看，几乎与长在路边、田野和林中空地里的野花别无二致。十六世纪以前，所谓的花园几乎就跟荒地差不多，用我们今天的眼光来看，即便之后出现的，在园艺界声名显赫的凡尔赛宫的花园也不过如此，可能与今天最偏僻穷困的小村子里的水平差不多。我们本土的树林和时常遭受风雪暴击的田野里自发孕育出了堇菜、庭菊、铃兰、金盏花、虞美人，一部分品种的番红花、鸢尾、秋水仙、毛地黄、缬草、飞燕草、蓝花矢车菊、丁子香、勿忘草、香石竹、锦葵、蔷薇（应是香

秋水仙
autumn crocus

毛地黄
purple foxglove

Chapter5 传统花卉   147

西班牙鸢尾
Spanish iris

叶蔷薇），和银色的百合等花卉品种。我们祖先面对的大概只有以上提到过的少数几种观赏花卉，所幸，由于他们见过的花卉品种太少了，所以他们并不会感到乏味贫乏。毕竟在那个年代，人们还没有那么宽广的视野，难以见到其他大陆上默默生长着的他们究其一生都闻所未闻的丰富生命。接下来的文艺复兴时期开启了大航海时代，向着阳光前行，成功的冒险带来了新发现，新发现诱发了掠夺，掠夺激发了埋藏在人们内心最深处的美丽，唤醒了这个星球上存在的最愉悦的思想和愿望，这一切都被小心翼翼地装上了从我们祖国驶去的帆船。

这个时候人们才如梦方醒，纷纷从修道院、地下隐居所、传统砖石建造的小乡镇里、厚厚的城墙内试探着走出来。他们来到了此时此刻已经被天蓝色和紫色塞满的花园里，首先闻到了沁人心脾的香气，接着他们睁开眼睛，眼前的一切让他们惊魂未定，就像刚从噩梦中惊醒的孩童；小鸟和花朵们代表了森林、平原、大海和高山，它们的语言比后者更容易让人们理解，大自然张开双臂，迎接他们的觉醒。

第九章

可能现在世界上已经不存在人类未知的花卉品种了。换句话说，大自然胸中激荡着难以遏抑的伟大的爱的梦想和对美的渴求，她将所有梦想和渴求转化成了许多外在形式，迄今为止，我们已经发现了所有或者说几乎所有形式。可以说，我们生活在她最温柔的怀抱里，被她最感人至深的发明所包围。在她无形的手的操纵下，我们同样也被赋予了生命，出乎意料地加入到了这场最神秘狂欢之中。毫无疑问的，从表面上看新发现的这些花卉并没有给我们的生活带来本质性的变化，它们的作用仅仅是，当我们想要用鲜花来装饰床头的时候多了几种选择。我们的人生就像一条走向死亡的道路，它们也只是用自己的笑脸把这条路点缀一下罢了，不过不可否认的是，它们的笑容是如此的真诚，它们的面容又是如此新鲜，生活在我们时代之前的人甚至都无缘得见，因此，最新培育出来的花卉品种成了全国上下各个阶层人们争相追捧的对象，就连最穷乡僻壤的最破败的小茅屋里都能寻找到它们的踪迹。单纯而质朴的花朵，无论它们生长在哪里，在穷人家像小方块一样的花园里，或是在富丽堂皇的大厦旁宽广的草坪上，都同样开心快乐，绚丽多姿，它们代表着大地上超越一切的美；因为迄今为止，还没有什么大地上生长着的作物能比花朵更美丽。至此它们完成了对全球的征服历程。我们可以大胆的预测，社会发展最终会让所有人享受到时间长度和方式都类似的闲暇时光，其实健康积极的娱乐方式也是众生平等的表现方式之一。当然，即便未来某一天，这个理想真的实现了，它给人类社会带来的影响也是微不足道的，不过，如果我们能静下心来仔细地梳理一下就会发现，我们社会的发展是由无数小小的胜利汇集而成的，每一个进步在当时看来都是微不足道的。从表面上看，我们头脑中出现的每一个新点子和我们胸中涌起的每一种新感觉，都是微不足道的；但是，这些缓慢的、点滴的进步却引导我们最终赢得我们期望中的成果。

归根结底，到此为止我们掌握了一条真理，换句话说，我们生活的这个世界拥有着有史以来最美丽、数量最多的花卉；或许，我们还需要为这个事实再加上一句话：人类对真理的追求比其他物种更急切和执着。人们新获得的所有体验，无论是高兴的还是悲伤的，无论多么微小，都是"人性"这本书值得大书特书的大事件。这种追求真理的精神矫正了我们前行的道路，使我们在不断地掌控不知名的力量时，使我们在开始能够掌控那些操控着世间众生万物的神秘法则时，使我们在逐渐将整个星球据为己有时，使我们在装点我们的日常，逐渐扩大幸福和美好生活范围的时候，确保我们的双眼不会漏掉沿途中任何微小的细节。